Finn Becket Undercover:

Menschenhandel

von Melanie Busch

Impressum

Bibliografische Information der Deutschen
Nationalbibliothek:
Die Deutsche Nationalbibliothek verzeichnet diese
Publikation in der Deutschen Nationalbibliografie; detaillierte
bibliografische Daten sind im Internet über http://dnb.dnb.de
abrufbar.

Herstellung und Verlag: BoD – Books on Demand,
Norderstedt

ISBN: 978-3-753-4727-06

Für Kyra Marie, meine Tochter.

Weil sie einer der tollsten Menschen ist,

die ich kenne.

Ich liebe dich.

Vorwort

Es war kalt und dunkel.

Anuschka fror entsetzlich. Und sie konnte sich nicht daran erinnern, wann sie jemals so einen Durst gehabt hatte. Und so einen riesengroßen Hunger.

Das Zeitgefühl hatte sie schon in den ersten Tagen verloren. Vor drei Tagen, so vermutete sie anhand des Lichts, was sich mühsam seinen Weg unter einer verzogenen Türschwelle hindurch kämpfte hatten sie zuletzt etwas zu Essen und zu trinken bekommen. Nicht viel und schon gar nicht genug, um satt zu werden. Die Männer, die sie hier in diesem verrosteten Frachtcontainer versorgten, hatten ihnen ein paar verschlissene Decken da gelassen, so dass sie sich wenigstens ein wenig gegen die Kälte schützen konnten. Doch es war November und so, wie es den ganzen Tag über schaukelte, waren sie auf hoher See.

Sie waren zu fünft. Fünf Mädchen aus Rumänien, der Ukraine und Russland, die ihren Familien und Freunden entrissen worden, vergewaltigt und geschlagen worden waren, bevor sie betäubt und angeschlagen auf dieses Schiff kamen. Wie Vieh in einem Frachtcontainer versteckt und ab und zu gefüttert wurden.

In den ersten Tagen, weinten sie noch viel. Doch das wurde weniger, denn Tränen brachten sie hier auch nicht weiter. Und irgendwann sahen Anuschka und die anderen Mädchen ein, dass weinen nur eine Verschwendung von Flüssigkeit wäre. Und die gab es hier nun einmal nicht genug.

Wie lange konnte man ohne etwas zu trinken überleben? überlegte sie. Sie glaubte mal etwas von 5 Tagen gelesen zu haben, konnte sich aber nicht mehr genau daran erinnern. Und ohne etwas zu Essen? War das länger oder kürzer? Und was, wenn sie hier erfroren? Julia neben ihr zitterte schon den ganzen Tag vor sich hin. Und das andere Mädchen, mit dem seltsamen Namen, den sie sich nicht merken konnte, hatte schon ganz blaue Zehen und Finger. Sie würde sie bestimmt verlieren, wenn nicht bald ein Wunder geschah.

Anuschka zog Julia dichter zu sich heran. Sie konnten wenigstens versuchen, sich gegenseitig zu wärmen, auch wenn keine von ihnen noch einen Rest Körperwärme in sich hatte.

„Nicht einschlafen. Das ist gefährlich." mahnte sie die zitternd gähnende Julia. Auch das hatte sie wohl mal gelesen. Damals, in einem anderen Leben. Anuschka musste an ihre Eltern denken. Sie waren dagegen gewesen, dass sie an dem Abend vor ungefähr drei

Wochen ausgehen wollte. Es war ein Donnerstag und am nächsten Tag stand ihre Abschlussprüfung zur Übersetzerin an. Doch Anuschka hatte nicht auf sie gehört. Sie war schließlich erwachsen und ihre Eltern machten sich oft nur unnötige Sorgen. Und so war sie mit ihren Freundinnen in die Disco gegangen. Sie feierten ausgiebig. Das Leben, die Liebe und alles, was ihnen sonst noch so einfiel. Es gab immer einen Grund zu feiern. Anuschka wünschte sich in diesem Moment, sie hätte auf ihre Eltern gehört.

Sie merkte, wie auch sie langsam müde wurde. Die Augen fielen ihr immer wieder zu und sie war so erschöpft, dass sie beinahe das Schaukeln des Schiffs unter sich nicht mehr spürte.

Auch die anderen Mädchen schlossen immer wieder ihre Augen.

Anuschka wusste, woher auch immer, wenn sie jetzt einschliefen, war das ihr sicherer Tod. Sie versuchte, die anderen dazu zu bringen, mit ihr zu reden. Aber was sollten sie schon erzählen? Die Jüngste von ihnen war schon mit dem Kopf auf dem Schoß einer anderen eingenickt. Und Anuschka fehlte die Kraft, um aufzustehen und sie zu wecken.

Was, wenn ich jetzt auch einfach die Augen schließe, und dann ist es vorbei? dachte sie. Der Schmerz, die Angst, die Gedanken an ihre Eltern.... Anuschka wünschte sich wirklich nichts sehnlicher, als dass das Alles aufhörte. Und sie glaubte nicht mehr daran, ihre

Eltern und ihren kleinen Bruder in diesem Leben noch einmal wieder zu sehen.

Sie merkte, wie ihr Körper langsam in sich zusammen sackte. Sie wollte nicht mehr kämpfen, hatte nichts mehr, wofür es sich lohnen würde. Sie schloss die Augen und wartete darauf, dass der Schlaf sie übermannte.

Mit ihrem letzten, klaren Gedanken, dachte sie:"Es tut mir leid, Mama."

1

Sehr früh am Morgen, die Sonne war noch nicht einmal aufgegangen,streckte Finneas Becket seine 1,76m verschlafen im Bett aus. Er konnte nicht genau sagen, was ihn geweckt hatte, fühlte nur eine innerliche Unruhe, die ihn aufstehen und in seinen roten Boxershorts in die Küche tapsen ließ. Die braunen Haare noch von Allie zerzaust und reichlich müde.

Allie schlief auf dem Bauch liegend noch tief und fest. Ihre schulterlangen, roten Locken verteilten sich über das Kissen und die Decke war ihr bis zu den Hüften herunter gerutscht. Finn hatte noch im Hinausgehen ihre schlanke Figur sehnsüchtig bewundert. Nach der letzten Nacht würde sie noch eine ganze Weile weiter schlafen. Sie hatten sich mehrmals leidenschaftlich geliebt. Finn hatte jetzt noch ein Kribbeln im Bauch, wenn er daran dachte.

Seit fast einem Jahr waren sie nun schon zusammen. Und Finn hatte das Gefühl, als würde er sich jeden Tag mehr in sie verlieben. Er hatte Schmetterlinge im Bauch, wenn er an sie dachte. Waren sie getrennt, konnte er nur an sie denken. Waren sie zusammen, war er der glücklichste Mensch der Welt und rannte mit einem Dauergrinsen herum.

Langsam hatte er sich an das Gefühl gewöhnt. Und sich damit abgefunden, dass er für Allie soviel empfand, wie für keinen anderen Menschen. Auch wenn das am Anfang ihrer Beziehung etwas seltsam für ihn gewesen war. Sich voll und ganz auf einen anderen Menschen einzulassen, musste er erst lernen. Denn dieses ganze Zwischenmenschliche war ihm schon immer ein wenig fremd gewesen.

Doch Allie verstand ihn. Sie hatte ihn an die Hand genommen und viel Geduld mit ihm gehabt.

Die Art und Weise, wie sie ihn ansah ließ ihn oft ehrfürchtig erschauern. Konnte es so leicht sein?

Die Antwort war ja! Es konnte; und es war so leicht!

Er konnte sich jetzt schon ein Leben ohne Allie nicht mehr vorstellen.

Sie hatten oft wenig Zeit füreinander. Allie war in ihrem letzten Studienjahr und machte ein praktisches Jahr im Krankenhaus. Die Schichten war hart und anstrengend. Und manchmal hatte Finn Angst, dass sie ihre naiv-positive Art verlieren könnte, bei den vielen brutalen Verletzungen, die sie zu sehen bekam. Doch Allie blieb stets optimistisch und gut gelaunt. Nichts schien sie aus der Bahn werfen zu können. Ich hab nie eine stärkere Frau kennengelernt, dachte Finn liebevoll und blickte sehnsuchtsvoll auf die geschlossenen Schlafzimmertür.

Finn hingegen war auch nach der Ermittlung gegen ihren Vater in weiteren Einsätzen gewesen. Er versuchte zwar, jeden Abend zu Hause zu sein, schaffte dies jedoch nicht immer. Was ihm jedes Mal wieder leid tat. Doch er liebte seinen Job und wusste, dass er verdammt gut darin war. Die Zeit, die sie miteinander hatten, genossen Finn und Allie allerdings in vollen Zügen.

Sie lachten und hatten viel gemeinsam, Allie lernte Finns Freunde und Familie kennen, sie gingen in´s Kino und Essen...und sie liebten sich. Es war als würden sie perfekt ineinander passen. Wie zwei Puzzleteile, die lange darauf gewartet hatten, zusammengefügt zu werden.

Finn setzte Kaffee auf und zog seine Laufklamotten an. Bevor Allie wach wurde, wollte er noch eine Runde joggen gehen und seinen muskulösen Körper etwas mehr fordern. Denn auch wenn die letzte Nacht ihn ausgepowert hatte, bekam er so immer noch am besten den Kopf frei.

Als er vor die Haustür trat, lief ihm ein Schauer über den Rücken. New York war im Winter nicht unbedingt immer ein Traum. In den letzten Tagen hatte es geschneit, wieder getaut und die Straßen waren hauptsächlich nass und matschig. Zudem war es schweinekalt und es wehte ein kräftiger Wind. Doch davon lies Finn sich jetzt nicht aufhalten. Er steckte sich die Kopfhörer in die Ohren und stellte sich auf dem Handy die Playlist an, die er hören wollte. Dann verstaute er sein Handy in der Hosentasche und lief los.

Schon übermorgen stand ihm ein weiterer Einsatz bevor, der es in sich hatte. Finn hatte wochenlang recherchiert und seine Vita gebüffelt, überlegt, wo er ansetzen sollte, wie er in die richtigen Kreise aufgenommen werden würde.

Diesmal sollte es ihm nicht so leicht fallen, sich mit seiner Rolle zu identifizieren. Denn einen neureichen Geschäftsmann auf Abwegen hatte er noch nie verkörpert. Doch er wollte sich voll und ganz darauf einlassen. Und dafür musste er etwas Abstand zu seinem eigenen Leben gewinnen.

Auf seiner Runde durch die Straßen seines Viertels fiel langsam die Anspannung von Finn ab. Er wollte Allie nicht mit seiner Arbeit belasten. Und um das gerade so kurz vor einem Einsatz hinzubekommen, musste er die Arbeit völlig von sich schieben. Auch wenn er sicher nie so ganz abschalten konnte.

Er hatte immer noch Angst, dass ihr Vater aus dem Gefängnis heraus versuchen würde, sie beide auseinander zu bringen. Auf welche Art auch immer. Doch in dem Hochsicherheitstrakt, in dem Rodrigo Suarez saß, hatte dieser weder Kontakt nach außerhalb, noch Besuch. Finn erkundigte sich regelmäßig nach ihm.

Allie hingegen hatte ihren Vater abgeschrieben. Nach dem Prozess gegen ihn hatte sie keinen Kontakt mehr gewollt. Und auch nicht gehabt. Für Allie war ihr Vater gestorben, als er beschlossen hatte, Finn verprügeln zu lassen, weil dieser mit ihr Essen war.

Seine Drogengeschäfte hatten es nicht besser gemacht. Allie sah jeden Tag in ihrem Job Menschen, die eine Überdosis hatten oder an der Nadel hingen. Sie verabscheute dieses Zeug und den Gedanken daran, dass ihr Vater dieses Problem ausgenutzt und verschlimmert hatte.

Ok, genug, dachte Finn. Er bog um die nächste Ecke und machte einen kurzen Stopp bei seinem Lieblingsbäcker, um noch ein paar frische Bagel zum Frühstück mitzubringen. Allie hatte heute Spätschicht, und er wollte den Vormittag mit ihr genießen, so gut er konnte. Zurück in seiner Wohnung sprang Finn schnell unter die Dusche und kroch dann vorsichtig neben Allie in´s Bett. Zärtlich küsste er sie auf die Stirn, strich ihr die vom Sex zerzausten, roten Locken aus dem Gesicht.

„Guten Morgen, du kleine Schlafmütze," murmelte er dicht neben ihrem Ohr. Allie grinste mit geschlossenen Augen und drehte sich zu ihm herum. Sie schlang die Arme um seinen Hals und zog ihn für einen weiteren Kuss zu sich heran. „Guten Morgen," gähnte sie. „Rieche ich Kaffee?"

„Das ist also alles was du willst? Kaffee?" tat Finn ein wenig beleidigt. „Kaffee, und dich!" zwinkerte Allie ihm zu. Und schon strichen ihre Hände über seinen nackten Rücken. Finn bekam augenblicklich eine Gänsehaut, und einen Ständer.

Er zog Allie zu sich heran und begann, sie am ganzen Körper zu streicheln. Sie liebten sich ausgiebig und waren hinterher beinahe beide zu erschöpft, um sich dem Frühstück zu widmen.

2

Nach einem späten Frühstück und einer gemeinsamen Dusche war es für Allie auch schon an der Zeit, sich auf den Weg zu ihrem Dienst im Krankenhaus zu machen. Sie küssten sich zum Abschied, als würden sie sich hier und jetzt zum letzten Mal sehen.

Als die Tür hinter Allie ins Schloss gefallen war, seufzte Finn und beschloss, den Nachmittag ebenfalls mit Arbeit zu verbringen. Er schnappte sich seine Tasche und fuhr aufs Revier.

Sein erster Weg führte ihn zu seinem Vorgesetzten Captain Hoock. Ohne anzuklopfen, wie es für Finn üblich war, betrat er das Büro und lies sich auf einen freien Stuhl fallen. „Wie weit ist unser Freund mit dem Geld?" sagte er, statt einer Begrüßung.

„Na wie schön, sie hier auch nochmal zu sehen. Wo haben sie denn den ganzen Tag über gesteckt? Und noch einmal: Anklopfen wäre schön!" tadelte ihn sein Chef. „Jaja, ich weiß. Also?" Finn war gewaltig genervt von der organisatorischen Struktur des NYPD. Er sollte in ein paar Tagen den neureichen Geschäftsmann geben, hatte aber noch nicht einen Cent des benötigten Geldes genehmigt bekommen. Die Behörde arbeitete wieder einmal langsamer als eine Schnecke.

„Ich bin da immer noch dran. Die nächsten Tage werden sie wohl damit verbringen müssen, sich irgendwie eine Einladung zu diesen 'Private Partys' zu verschaffen. Setzen sie sich dafür mit Quentin von der Technik zusammen." „Ok mach ich. Und wenn ich da drin bin pack ich mein Monopoly-Geld aus und versuche damit ein Mädchen zu kaufen." gab Finn ironisch zurück. „Ich krieg das Geld schon rechtzeitig, keine Angst." Hoocks tiefem Seufzer nach zu urteilen glaubte er selbst nicht so ganz daran. „Es ist halt ein Einsatz, der dem Chief kein Ansehen bringt, da er im Geheimen bleiben muss. Da ist es schon etwas schwieriger ihm Geld aus der Tasche zu leiern."

Sie waren nun schon beinah ein halbes Jahr an dem Fall dran. Das die Vorbereitungen die Hölle sein würden, war Finn schon vorher klar gewesen. Doch als vor etwa drei Wochen in einem Frachtcontainer im New Yorker Hafen vier weibliche Leichen gefunden worden waren, war auch der Commissioner der New Yorker Polizei auf das Problem mit dem Menschenhandel aus dem Ostblock Europas aufmerksam geworden. Die Sache bekam langsam Schwung. Die Mordkommission mischte sich ein, konnte jedoch auch jetzt, drei Monate später keine brauchbaren Ergebnisse vorweisen. So wurden Finneas Becket und Elias Brennan auf den Fall angesetzt.

Und sie hatten auch schon einiges in Erfahrung bringen können. Zum Beispiel, dass die vier jungen Frauen auf dem Weg von Rumänien zu einer sogenannten 'Private Party' waren.

Reiche Männer mit etwas sonderbaren Vorlieben kauften sich dort einfach das Mädchen, was ihnen gefiel und konnten dafür mit ihr machen, was sie wollten. Finn kam das Frühstück hoch, wenn er darüber nachdachte, was mit diesen armen Mädchen wohl alles geschehen sollte. Doch er spürte auch, dass das Ganze noch tiefer ging.

Jetzt lag es einzig und allein noch am Geld und an einer Einladung zu so einer 'Private Party', dass sie ihre Ermittlungen voll aufnehmen konnten. Und an beidem haperte es auch.

Heute wollte Finn mithilfe ihres Computerfreaks Quentin Smith heraus finden, ob man über den Darknet-Browser Tor wohl eine Einladung zu so einer Party bekam. Finn hatte keine Ahnung, was er dazu tun musste. Er war manchmal schon mit seinem Smartphone überfordert. Aber Quentin kannte sich bestens aus.

3

In Quentin´s kleinem Büro im Untergeschoss war es
dunkel, warm und stickig. Ein Fenster zu öffnen, wäre
hier wirklich einmal nötig gewesen. Doch es gab keins.
Es roch stark nach altem Fast Food und Zigaretten.
Überall hörte man Computerlüfter surren und irgend
etwas piepste regelmäßig, wie in einem Krankenhaus.

Quentin war hinter einer Front übergroßer Monitore
verschwunden und kaum zu sehen, als Finn den Raum
betrat. Er hörte, wie der junge Nerd wie ein Verrückter
auf seiner Tastatur herum klapperte. Finn hatte noch
nie jemanden so schnell tippen sehen.

Quentin schien ihn noch nicht bemerkt zu haben, und
so räusperte Finn sich einmal. „Jemand zu Hause?"
fragte er. „Jaja, komm rein, schließ die Tür und setz
dich irgendwo hin." kam prompt die gemurmelte
Antwort. Quentin war mit den Gedanken offenbar
noch im Internet verschwunden. Während er die Tür
hinter sich zu drückte suchte Finn nach einem freien
Platz. Auf einem Tisch neben Quentins Arbeitsbereich
stapelten sich Mc Donald Verpackungen, halbleere
Chipstüten und übervolle Aschenbecher. Auch auf dem
Stuhl, der davor stand lag eine Big Mäc Schachtel und
eine Pommestüte. Finn schmiss sie zu dem Müll auf
dem Tisch, da er keinen Mülleimer finden konnte und
setzte sich. Jetzt sah Quentin auch endlich auf und
lächelte ihn freundlich an. Seine dunkel umrandete

Brille war ihm fast bis auf die Nasenspitze herunter gerutscht und ein Teil seiner blonden, langen Haare hatten sich aus seinem Pferdeschwanz gelöst und hingen ihm in das schmale Gesicht. Das schwarze T-Shirt mit der Aufschrift: There's a 99% Chance I don't care! hatte auch schon bessere Tage gesehen, lies Finn aber schmunzeln.

„Oh Gott, tut mir leid. Ich war so im Netz versunken, dass ich gar nicht gesehen habe, wer reinkommt. Entschuldige, wenn ich zu schroff war. Was kann ich für dich tun, Finn?" wollte Quentin verlegen wissen. „Ist schon gut. Du kennst dich doch sicher im Darknet aus?" begann Finn. Er wusste selbst nicht so genau, was Quentin eigentlich erreichen konnte. Und er sah sich nicht als etwas Besseres wie Quentin, also beschloss er, nicht weiter auf die unnötige Entschuldigung einzugehen. „Ähm, ist das 'ne Fangfrage? Und wenn ich mit Ja antworte, kann das gegen mich verwendet werden?" Quentin wirkte unsicher. „Nein, ich brauche deine Hilfe um eine Einladung zu einer dieser Partys zu kriegen, wo sie Mädchen aus dem Ostblock verkaufen." Finn konnte die Überraschung in Quentins Gesicht sehen. „Ich habe schon davon gehört. Das hat sicher mit den Leichen zu tun, die sie aus diesem Frachtcontainer gezogen haben, oder?" „Genau. Wir vermuten, dass sie auf so einer Versteigerung landen sollten. Ich will da hin. Und man sagt ja, im Darknet findet man alles, oder?" „Hmm, eigentlich schon. Und so schwierig ist das auch gar nicht. Du wärst überrascht." Quentins Finger flogen schon während er das sagte über die Tastatur.

In wenigen Minuten hatte er den Tor-Browser heruntergeladen, geöffnet und scrollte durch eine Suchseite. Was genau man eingeben musste, um einen Menschen zu kaufen, wusste Finn immer noch nicht. Aber er vertraute darauf, dass der junge Mann, der fast sein ganzes Leben im Internet verbrachte, wusste, was er tat.

„Hier!" Quentin zeigte auf eine Stelle auf seinem Monitor. Finn beugte sich hinüber und staunte nicht schlecht, was Quentin gefunden hatte. Tatsächlich war die ganze Seite voll mit Anzeigen, in denen Menschen zum Kauf angeboten wurden. Und das war noch nicht alles. Auch auf den folgenden Seiten kamen immer mehr Anzeigen zum Vorschein. Finn wurde übel, als er sah, dass es sich hierbei nicht nur um ein paar Mädchen aus Rumänien oder der Ukraine handelte. Man konnte die Seite sogar nach Alter und Geschlecht sortieren lassen. Vom Säugling bis zum gestandenen Mann war alles dabei. Und offenbar ging es bei vielen der Anzeigen nicht ausschließlich um Sex. Einer der Männer bot sich sogar an, um von jemand anderem gegessen zu werden. Die Bilder dazu ließen ihm einen eiskalten Schauer über den Rücken laufen.

„Wenn wir das alles wissen, warum stürmen wir die Buden von diesen Scheißnerds nicht und verhaften die alle?" wollte er aufbrausend von Quentin wissen.

„Das ist nicht so einfach, wie es aussieht. Der Tor-Browser verschlüsselt deine IP-Adresse und es lässt sich nur sehr schwierig bis gar nicht heraus finden, von wo diese Leute operieren. Und es sind auch nicht alles Nerds. Die meisten sind schlicht und einfach Verbrecher." versuchte er Finn etwas beleidigt zu erklären, warum das nicht ging.

„Tut mir leid, aber das ist doch ´ne Riesenscheiße!" Finn schüttelte sich kurz, um sich wieder zu fangen. „Ok, kannst du irgendwas von unseren Private Partys finden? Irgendeine Veranstaltung? Nichts was online ist." „Das wird ´ne Weile dauern. Wenn du willst, such ich das hier gern durch und geb´ dir dann Bescheid." bot Quentin an. „Das wäre sehr nett. Danke!" Finn war froh, sich diesen Mist nicht weiter ansehen zu müssen. Und aus dieser Computerhölle heraus zu kommen. Er brauchte jetzt einen starken Kaffee und eine Zigarette.

4

Auf dem Weg nach draußen traf Finn auf Elias. Dieser war ja auch schlecht zu übersehen, Mit seinen 1,90 m überragte er beinah jeden. Seine dunkelblonde Mähne, die er fast immer zu einem Pferdeschwanz gebunden trug verlieh ihm das aussehen eines Motorradrockers und ließ andere Menschen oft eingeschüchtert zu ihm aufsehen. Sein Partner und bester Freund war schon sichtlich aufgeregt, dass es nun bald richtig losgehen sollte. „Becks, wo warst du heute morgen? Der Alte hat schon ´nen halben Herzkasper bekommen weil er sich so aufgeregt hat." begrüßte ihn Elias mit dem Spitznamen, den nur er benutzte. Dieser ging zurück auf so manch durch zechte Nacht, die die beiden schon hinter sich hatten. Und auf ihre gemeinsame Lieblingsbiermarke aus Deutschland. Aus einer Sauflaune heraus hatte Elias irgendwann einmal festgestellt, dass Becket sich wunderbar zu Becks umwandeln lies.

„Hatte andere Verpflichtungen," gab Finn nur knapp zurück und zündete sich eine Zigarette an und dachte kurz an den Sex mit Allie am Morgen. „Man, ich dachte du hast aufgehört?" Elias wedelte mit einer Hand den Rauch weg, der zu ihm herüber zog. „Ja hab ich auch. Aber wenn du dir im Darknet diese Scheiße anguckst, fängst du auch wieder an." Finn nahm einen tiefen Zug von seiner Lucky Strike, merkte, dass sie ihm überhaupt nicht schmeckte und trat sie gleich wieder aus. „Du warst bei Quentin? Und was sagt er? Kriegen wir ´ne Einladung zu diesen Partys?" Elias freute sich über den Fortschritt. „Noch sagt er gar nichts. Er wühlt sich durch den Mist und gibt mir Bescheid, wenn er was hat." „Das hört sich doch gut an. Hoock hat das Geld zusammen. Hab grad mit ihm gesprochen." „Na endlich. Das wurde aber auch Zeit." Jetzt spürte Finn es auch. Der Adrenalinstoß kurz bevor es losging, die Nervosität und die Vorfreude. Bald würden sie den größten Abschaum von New York verhaften.

„Ok, dann heißt es jetzt wohl warten. Mal wieder. Aber ich schwör dir, sobald Quentin was hat steh ich bei diesen Wichsern auf der Matte." Finn konnte seine Wut über die Menschenhändler kaum unterdrücken. Daran würde er noch arbeiten müssen, wenn er nicht sofort auffallen wollte, sobald er auf einer ihrer Partys war.

Zusammen mit Elias saß er wenig später im Büro seines Captain und besprach das weitere Vorgehen. Als es an der Tür klopfte und Quentin eintrat verstummten sie sofort und sahen ihn erwartungsvoll an. „Hast du schon was?" wollte Finn neugierig wissen. „Ich denke schon. Allerdings brauche ich noch ein paar Sachen, bevor ich dich da rein bringen kann." Quentin wirkte zufrieden mit sich, aber auch etwas unsicher, hier außerhalb seines geliebten Kellerlochs. „Schieß los," forderte ihn Finn auf. „Ich brauch ein vernünftiges Bild von dir, beziehungsweise deiner Tarnung. Ein kleiner Background dazu wäre auch nicht verkehrt.

Und einen Kontoauszug, der besagt, dass du auch die Kohle hast, um auf so einer Versteigerung mit zu mischen." „Das ist alles? Geht klar. Ich bin gleich bei dir." „Oh, und eine Handynummer. Die Einladungen werden über einen Messengerdienst erst ganz kurz vor einer Party versendet." „Jaja, alles was du willst. Aber dafür bekomm ich doch sicher ein Diensthandy, oder?" Finn schaute fragend zu Hoock hinüber. „Ich werd sicher nicht meine private Nummer ins Darknet stellen." Hoock nickte und schwang sich an sein Telefon.

Eine halbe Stunde später hatte Finn alles zusammen, was Quentin brauchte. Wieder saß er in dem kleinen, dunklen Kellerbüro und wieder hatte er das Gefühl hier unten kaum Luft zu bekommen. Auch Elias war diesmal dabei. Er wirkte allein schon durch seine Größe reichlich Fehl am Platz und trat unbehaglich von einem Bein auf das Andere. Er stand hinter Finn und Quentin und sah zu, wie die beiden Finns Vita in das Darknet stellten, um Zugang zum Kreis der Partygäste zu bekommen. Sie waren so sehr in das Gespräch vertieft, dass sie beide zusammenzuckten als sie hinter sich das Knistern einer Chipstüte hörten. „Das solltest du besser nicht mehr essen," Quentin legte die Stirn in Falten, als würde er angestrengt nachdenken. „Ähm, warum?" fragte Elias kauend. „Ich weiß nicht mehr so ganz genau, wie lange die Tüte da schon so liegt. Und ich glaube hier unten gibt es Mäuse." Elias schluckte schwer und legte die Tüte schnell wieder auf den vollgemüllten Tisch. Finn konnte sich ein Lachen nicht verkneifen, schüttelte dann aber tadelnd den Kopf. „Ich würde sagen, wir haben alles. Wenn alles gut geht, solltest du zur nächsten Versteigerung eingeladen werden." schloss Quentin schließlich ihr Gespräch. „Ok, danke, Quentin. Du hast was gut bei mir." bedankte sich Finn und gab Elias ein Zeichen, dass sie jetzt gehen sollten. „Ich lad dich zum Essen ein, was hältst du davon?" grinste er Elias an, als sie die Treppe zum Revier hochgingen. „Du schienst ja völlig ausgehungert zu sein." „Das ist nicht lustig. Was wenn ich jetzt Salmonellen oder sowas hab?" Elias musste sich jetzt noch schütteln, wenn er an die uralten Chips dachte.

Sie beschlossen, für heute Feierabend zu machen, und in Marci´s Diner gegenüber dem Revier noch gemeinsam etwas zu essen.

„Wie läuft´s denn so mit Allie?" wollte Elias von Finn wissen, nachdem er genüsslich in seinen Burger gebissen hatte, den Marci ihm serviert hatte. Auch Finn hatte Burger und Pommes Frites bestellt, und merkte erst nach dem ersten Bissen, dass er den ganzen Tag nichts außer Frühstück gehabt hatte.

„Läuft prima. Wir haben nur leider viel zu wenig Zeit füreinander." antwortete Finn ehrlich. Mit Eli konnte er schon immer über alles reden. „Und ihr Dad gibt immer noch Ruhe? Du hast ihn doch immer noch im Auge, oder?" „Klar. Dem trau ich auch zu, dass er seine Leute aus dem Knast heraus dirigiert. Auch wenn wir damals fast alle seine Gorillas erwischt haben." „Deine Paranoia ist also immer noch die Alte," grinste Eli ihn an. „Von wegen. Du hast ihn damals nicht kennengelernt. Der hat mich schon halb tot schlagen lassen, nur weil ich mit seiner Tochter essen war. Was glaubst du wohl was er macht, wenn er erfährt, dass ich mit ihr schlafe?" Finn wollte sich das nicht wirklich vorstellen. „Ok ok, du hast ja Recht. Und was sagt Allie dazu? Immerhin ist er immer noch ihr Vater." „Für sie ist er gestorben. Sie will keinen Kontakt mehr mit ihm. Und wenn du mich fragst, ist das das Beste, was sie tun kann. Dass ich ihn immer noch im Auge behalte, weiß sie gar nicht." „Ist vielleicht auch besser so." Ja, das glaubte Finn auch. Deswegen hatte er Allie auch bis heute nichts davon erzählt, dass er regelmäßigen

Kontakt zum Gefängnisdirektor hatte, um zu erfahren, ob Suarez Kontakte nach draußen hatte. Sollte sich da etwas ergeben, würde Finn es sofort erfahren. Sie unterhielten sich noch über dies und das und nachdem Finn bezahlt hatte, machten sie sich beide auf den Weg nach Hause.

Da Allie noch nicht von ihrem Dienst zu Hause war beschloss Finn noch eine weitere Joggingrunde einzulegen. Nach dem stickigen Kellerloch und den Bildern, die er dort unten zu sehen bekommen hatte, musste er diesmal wirklich dringend den Kopf frei kriegen.

Nachdem er eine Stunde gelaufen war, kam er vor seinem Haus an, als Allie auch gerade um die Ecke bog. Sie strahlte ihn schon von Weitem an und für Finn war alles, was er heute gesehen und gehört hatte vergessen. Seine Welt war wieder in Ordnung. Zumindest für heute Abend. Er lächelte zurück, zog sich die In-Ear Kopfhörer aus den Ohren und fragte sich, wie ein einziges Lächeln von ihr nur seine ganze Welt verändern konnte. Als sie ihm die Arme um den Hals schlang, um ihn zur Begrüßung zu küssen, war jedoch auch das nicht mehr wichtig. Sie beeilten sich, in Finn´s Wohnung zu kommen und gemeinsam unter der Dusche zu verschwinden.

Für den nächsten Morgen hatte Finn sich früh den Wecker gestellt. Er wollte mit Elias noch an der Tarnung arbeiten und sie hatten sich dafür bei einem Herrenausstatter verabredet. Mit einem Anzug von der Stange würde Finn in Kreisen, die genug Geld für Maßanfertigungen hatten sofort auffallen. Er küsste Allie, die noch friedlich neben ihm schlief zum Abschied sanft auf die Stirn und machte sich auf den Weg um Elias zu treffen.

Finn hasste es, Anzüge zu tragen. Auch seine geliebten Boots würde er hier gegen ein paar schlichte Halbschuhe tauschen müssen. Von seiner abgewetzten, braunen Glücks-Lederjacke ganz zu schweigen. Elias hatte es da schon besser getroffen. Er sollte Finn´s Bodyguard mimen. Dafür war er in Jeans, einem weißen Hemd und mit seiner Kutte perfekt angezogen.

Als Finn das erste Mal in seinem Anzug aus der Umkleidekabine trat fing Elias schallend an zu lachen. „Alter, du siehst aus wie ein Pinguin. Ha, wenn du so guckst sieht jeder auf den ersten Blick, dass du sonst nie Anzüge trägst." „Ach, halt doch die Klappe," gab Finn genervt zurück. „Stimmt etwas nicht mit dem Anzug?" fragte ihn der freundliche, ältere Schneider, der bei Elias Ausruf sofort herbei geeilt kam. „Nee, mit dem Anzug ist alles in Ordnung. Aber mein Kumpel hier müsste mal ausgetauscht werden." grummelte Finn mit einem wütenden Blick auf Elias, der sich immer noch kringelte vor Lachen. Der Schneider fing mit einem milden Lächeln gleich an, an Finn und dem Anzug herum zu zupfen. Als er an Finn´s Schritt angekommen war, wurde dieser sichtlich nervös. „Könnten sie wohl ein wenig still halten? Ich möchte sie nicht mit meiner Nadel stechen," bat ihn der Mann, woraufhin Elias beinahe prustend vom Stuhl fiel. Finn drehte sich abrupt zu seinem Partner um und warf ihm einen so stechenden Blick zu, der diesen sofort verstummen lies. „Ok, ich denke das reicht. Der Anzug sitzt und ich nehm ihn genau so," antwortete er dem Schneider und begab sich wieder in die Umkleide, um sich umzuziehen.

Bepackt mit zwei vollen Tüten, die zwei Anzüge, Schuhe und mehrere Krawatten und Hemden enthielten standen Finn und Elias eine halbe Stunde später auf der Straße vor dem Geschäft. Elias bestens gelaunt, Finn immer noch genervt. „Ich hab Hunger. Lass uns bei Marci noch was essen, bevor wir ins Revier gehen." beschloss Finn. Da Elias immer hungrig war, hatte er keine Einwände.

Nach einem guten Frühstück mit starkem Kaffee und Rührei konnte Elias sich immer noch über den zweideutigen Spruch des Schneiders bekringeln, während Finn das Ganze immer weniger lustig fand. Seine Laune war auf dem absoluten Nullpunkt angelangt. Doch als sie gerade das Polizeirevier betreten wollten, ging auf Finns Diensthandy eine SMS ein. Er zog das Telefon hervor und las:

Friday, 9pm

57 E 57th St

52nd floor

9684

„Das ist es!" rief er. Elias sah ihn fragend an. „Die Einladung zu unserer ersten Party, diesen Freitag. Es geht endlich richtig los." „Na endlich, das ganze Warten hat mich schon wahnsinnig gemacht." freute sich nun auch Elias. „Ach echt? Hat man fast nicht gemerkt, als du eben wie ein Bekloppter lachend fast vom Stuhl gefallen wärst." gab Finn sarkastisch zurück. Doch er konnte Elias nicht mehr länger böse sein. Sie beeilten sich, in Hoocks Büro zu kommen, um ihm die gute Nachricht zu überbringen.

„Und wo findet das Ganze nun statt?" wollte dieser wissen, nachdem Finn ihm die SMS gezeigt hatte. „Moment, ich google das gleich mal." Doch als Finn wenige Sekunden später mit offenem Mund auf sein Smartphone starrte, wollte er seinen Augen nicht trauen. „Ähm, das glaubt ihr mir nie." sagte er und reichte sein Handy über den Schreibtisch an seinen Boss weiter. „Das ist das Four Seasons. Sind sie sicher, dass das richtig ist?" stellte dieser stirnrunzelnd fest. „Laut der Adresse aus der SMS ist es genau da. Und zwar ganz oben. Im Penthouse. Nobel geht die Welt zu

Grunde, würde ich sagen." Auch Elias warf nun einen Blick auf das Suchergebnis. „Von da oben hat man bestimmt 'nen fantastischen Blick über die Stadt. Immerhin ist es das zweithöchste Gebäude in New York." „Wirklich? Das ist alles was dir dazu einfällt? Bist du jetzt Makler oder was?" Finn schüttelte den Kopf. „Ich mein ja nur," kleinlaut gab Elias Finn das Handy zurück. „Gentleman, ich würde mal sagen, schmeißen sie sich in ihren besten Anzug. Sie gehen am Freitag auf eine Party," beendet Hoock das Geplänkel zwischen den beiden. „Gott sei dank reicht es, wenn Finn sich in einen Anzug schmeißt." grinste Elias und war schon wieder ganz der Alte.

Sie verließen Hoocks Büro und Finn wandte sich an Hoocks Sekretärin Susi: „Hey Süße, kannst du mir 'ne Reservierung im Radisson besorgen? Ich glaube 'ne Suite mit zwei Schlafzimmern wäre angemessen." „Jetzt bist du aber auf einem Höhenflug, oder? Das NYPD zahlt dir doch keine 5 Sterne Unterkunft," gab Susi lachend zurück. Wie jedes Mal, wenn Finn sich flirtend über ihren Tisch lehnte, lief sie leicht rot an. „Erst mal ist das Zimmer für Eli und mich. Und zweitens muss die Tarnung doch glaubhaft rüber kommen. Junger, erfolgreicher Geschäftsmann, der nur für diese Party angereist ist." grinste Finn sie an. „Ich versuch das durch zu kriegen. Aber versprechen kann ich dir nichts." versprach Susi lächelnd und machte sich gleich an die Arbeit. Finn war zuversichtlich, dass Susi Erfolg haben würde. Mit diesem ganzen Bürokratiemist kannte sie sich bestens aus. Und da noch viele Kleinigkeiten zu erledigen waren, beschloss er, nicht weiter darüber nachzudenken.

Als der besagte Freitag endlich gekommen war, hatte Susi es tatsächlich geschafft, Finn und Elias jeweils eine Suite im Radisson zu besorgen. Wie aus dem Ei gepellt stieg Finn vor dem Hotel aus dem Taxi. Seine 1,76 m steckten in einem schicken hellgrauen Maßanzug, zu dem er ein schlichtes dunkelblaues Oberhemd trug, bei dem die obersten beiden Knöpfe geöffnet waren. So sparte er sich wenigstens die Krawatte. Seine Stiefel hatte er gegen mattschwarze Halbschuhe getauscht und selbst seine sonst so widerspenstigen, braunen Haare hatte er gebändigt bekommen. Er schnappte sich schwungvoll den schlichten, schwarzen Rollkoffer mit seinen Sachen. Auch Elias war voll in seiner Tarnung. Der 1,90 m große Kerl steckte in Bluejeans und weißem Hemd, unter dem man seine muskulösen Arme gut erahnen konnte und dazu einen dicken, braunen Winterparka. Seine blonden Haare hatte er zu einem Pferdeschwanz gebunden. Er schleppte eine schwere, braune Umhängetasche, in der nicht nur seine Klamotten, sondern auch ihre Dienstwaffen verstaut waren und ging immer zwei Schritte hinter Finn.

Ein eifriger Page kam angelaufen und nahm ihnen die Sachen ab. Der Concierge öffnete ihnen mit einem höflichen Lächeln die Tür und sie betraten die große Lobby. An der Rezeption checkte Finn unter seinem falschen Namen 'Barnett' ein und sie wurden von dem Pagen zu ihren Zimmern begleitet.

Finns größere Suite hatte eine Sitzecke und eine kleine Küche mit einem separaten Schlafzimmer. Hier hatten sie auf jeden Fall genug Platz für ihre Besprechungen. Elias Zimmer war gleich nebenan und wesentlich kleiner. „Hauptsache ein bequemes Bett und ein Fernseher," kommentierte Eli das schlicht. Finn gab dem Pagen ein Trinkgeld und schloss die Tür hinter sich.

Nachdem er sich einigermaßen eingerichtet hatte rief er Elias zu sich herüber. Er wollte den Ablauf des Abends noch einmal durchgehen. Das im Laufe der Nacht alles anders kommen sollte, als sie es hier gerade planten, konnte er da noch nicht wissen.

7

Um zehn Minuten vor Neun stiegen Finn und Elias vor dem Four Seasons Hotel in Manhattan aus dem Taxi. Es war keine lange Fahrt gewesen, aber doch ein wenig Zeit, um sich noch einmal zu sammeln. Es hatte wieder zu schneien begonnen. Dicke, weiße Flocken fielen vom Himmel herab und ließen Finn in seinem dünnen Anzug frösteln. Sie beeilten sich, das Nobelhotel zu betreten. Drinnen war ihnen schon gleich wieder wärmer. Die riesigen Marmorsäulen rechts und links der kurzen Treppe ragten hoch auf zu einem in warmen Tönen gehaltenen, gläsernen Oberlicht. Die charmante Beleuchtung und das beflissentlich lächelnde Personal taten ihr Bestes, die Gäste willkommen zu heißen. Leises Gemurmel war zu hören und es roch angenehm nach Holzpolitur.

„Klapp den Mund wieder zu. Wir wollen doch nicht auffallen," wies Finn Elias an, bevor er sich auf den Weg zu den Fahrstühlen machte.

Finn hatte sich für diesen Abend für den schwarzen Anzug und ein weißes Oberhemd entschieden. Auch die passende schlichte, dunkelblaue Krawatte musste es zu so einem Anlass wohl sein. Auch Eli durfte heute nicht ohne Krawatte und Jackett mitkommen. Doch wenigstens auf seine Jeans musste er nicht verzichten. Einer der drei Lifts war mit 'PRIVATE' gekennzeichnet und Finn vermutete, dass dieser zum Penthouse führen würde. Elias und er betraten ihn und Finn bemerkte gleich das Ziffernfeld an der rechten Seite. Er gab den Code ein, den er mit der SMS bekommen hatte und der Aufzug setzte sich leise surrend in Bewegung. Als die Türen des Aufzugs sich wieder öffneten, standen Finn und Elias einem kräftigen Mann in einem schwarzen Anzug gegenüber. „Guten Abend. Die Einladung bitte, Sir." begrüßte er sie. Finn zeigte ihm die SMS auf seinem Handy und der Türsteher lies sie beide eintreten.

In dem Vorraum mit gedämpftem Licht, der für Finn schon beinahe wie ein Wohnzimmer aussah, waren schon viele Gäste versammelt. Im Hintergrund lief leise klassische Klaviermusik. Den Männern mittleren oder gehobenen Alters sah man das Geld förmlich an. Sie standen um einige Tische herum und tranken Champagner, den zwei junge Bedienungen in sehr knappen Dienstmädchen-Outfits servierten. Finn vermutete, dass diese beiden Mädchen das sicher auch nicht freiwillig taten. Er nahm sich trotzdem ein Glas Champagner und lächelte der Bedienung freundlich zu. Diese senkte sofort den Kopf und verschwand zum nächsten Gast. Elias, der an Finns Seite stand sah sich um. "Hier ist das halbe Vermögen von New York versammelt." stellte er fest. Finn nickte nur. In seinem Kopf arbeitet es auf Hochtouren.

Einige der Männer, die hier anwesend waren kannte er aus dem Wirtschaftsteil der New York Times. Andere eher von den Klatschseiten. Und wieder andere waren ihm völlig unbekannt. Er überlegte, wie er es schaffen konnte auf einer der nächsten Partys unauffällig Fotos von den Gästen zu machen, um diese in das Ermittlungsverfahren mit aufzunehmen. Dafür müsste er dringend mit Quentin sprechen. Der Computerspezialist hatte sicher eine Idee, wie man das technisch umsetzen könnte.

Um genau 21 Uhr betrat eine hochgewachsene, dunkelhaarige Frau in einem atemberaubenden, roten Abendkleid mit hohem Beinschlitz den Raum. „Darf ich kurz um ihre Aufmerksamkeit bitten." ertönte ihre sinnliche, warme Stimme durch den Raum. „Ich bin Marissa, ihr Host für heute Abend und ich heiße sie alle herzlich Willkommen. Möchten sie mir jetzt bitte in das Wohnzimmer folgen." Damit drehte sie sich elegant herum und ging voraus in den nächsten Raum.

Die Penthouse-Suite maß beinah 400 Quadratmeter und einen großen Teil davon nahm der nächste Raum ein. Auch hier war das Licht gedämpft und die leise Musik zwischen dem Gemurmel der Anwesenden zu hören. Für den heutigen Abend war der Raum aber wohl umgebaut worden. Denn entgegen der Bilder auf der Homepage des Hotels war die gemütlich aussehende Couch einer Bestuhlung gewichen. Und der schwarze Flügel, der sonst in einer Nische vor einem großen Panoramafenster stand war ebenfalls verschwunden. Stattdessen mutete die Nische nun wie eine kleine Bühne an. Ein Mikrofonständer und ein kleines Pult standen darauf und rechts und links der

Nische standen zwei muskelbepackte Männer in schicken Anzügen.

Beim Betreten des Raumes bekam Finn von einem Mitarbeiter von Marissa ein kleines, rundes Schild mit einer Zahl darauf gereicht. Wie bei einer ganz normalen Auktion, dachte Finn, nur dass hier Menschen verkauft werden.

Die ca. 30 Stühle füllten sich langsam und die Gespräche der Männer begannen zu verstummen, als Marissa die Bühne betrat. Finn nahm ziemlich weit hinten Platz. Heute wollte er nichts weiter, als das Spektakel zu beobachten. Elias stellte sich mit verschränkten Armen schräg hinter Finn in eine Ecke des Raumes und lies den Blick schweifen, als müsste er seinen Boss hier beschützen.

Marissa trat an das Mikrofon und strich sich ihre langen Haare elegant zurück, bevor sie das Wort ergriff: "Guten Abend, die Herren. Ich freue mich, sie heute zu unserer Auktion begrüßen zu dürfen. Wie immer haben wir keine Kosten und Mühen gescheut, um ihnen ihre Träume zu erfüllen. Sie dürften mittlerweile alle Wissen, wie das Prozedere des Abends ist. Trotzdem möchte ich noch einmal kurz die Eckpunkte nennen. Eine gehobene Kelle gibt natürlich ein Gebot ab. Das Startgebot beträgt immer 20.000 Dollar. Der Zuschlag verpflichtet zum Kauf. Nach der Auktion rufe ich die Nummern der Reihe nach auf, und sie werden in unsere Bibliothek geführt, wo sie die Ware bezahlen und erhalten. Wir akzeptieren

Barzahlung, sowie Visa oder American Express. Nach der bestätigten Zahlung dürfen sie ihre Ware mitnehmen und damit tun und lassen, was immer sie möchten. Nun wünsche ich ihnen noch viel Vergnügen und beginne mit der ersten Versteigerung."

Finn warf Elias einen Blick über die Schulter zu. Dieser tat völlig unbeeindruckt. Doch Finn kannte ihn gut genug um zu wissen, dass er sich gerade zusammen riss, um nicht die Fassung zu verlieren. Sie sprachen hier über Menschen, doch Marissa pries sie an, wie teure Antiquitäten bei Sotheby´s.

Das erste Mädchen wurde von einem der Männer auf die Bühne geführt. Sie war zu jung, das sah man sofort. In ihrem engen weißen Kleidchen, natürlich geschminkt und die halblangen blonden Haare hübsch frisiert sah sie aus, als hätte sie die Schule noch nicht einmal beendet.

„Diese junge Dame ist 17 Jahre alt und stammt aus Rumänien. Sie ist wie üblich von unserem Arzt durchgecheckt worden und kerngesund. Und als besonderen Leckerbissen darf ich ihnen mitteilen, dass sie noch Jungfrau ist." beschrieb Marissa das Mädchen. Sofort schossen einige Kellen in die Höhe. Marissa kam kaum mit dem Zählen nach. Bei 180.000 Dollar bekam ein weißhaariger, beleibter Kerl den Zuschlag, der Finn wage bekannt vorkam. Das Mädchen wurde von der Bühne in die angrenzende Bibliothek geführt und schon kam die nächste Kandidatin auf die Bühne.

Auch diese wurde von Marissa angepriesen und fand schnell einen Abnehmer. So ging das noch einige Male weiter und Finn drehte sich immer mehr der Magen um. Er beschloss, eine kurze Pause einzulegen und wollte auf einem der vielen Balkone eine Zigarette rauchen. Er gab Elias ein Zeichen, dass er ruhig bleiben, und weiter beobachten sollte und ging so leise wie möglich hinaus. Erst als er wieder in dem Empfangsraum stand wurde ihm bewusst, dass er gar keine Zigaretten dabei hatte.

„Entschuldigung?" hörte er hinter sich eine Stimme. Er fuhr erschrocken herum und sah sich dem Türsteher vom Aufzug gegenüber. Damit hatte er nicht gerechnet. „Kann ich ihnen behilflich sein?" fragte der kräftige Kerl. „Ähm, um ehrlich zu sein, ja. Hätten sie vielleicht eine Zigarette für mich? Ich hab meine vergessen." stotterte Finn. „Natürlich, Sir." lächelte ihn der Muskelberg nun an und reichte ihm eine Schachtel Marlboro und sein Feuerzeug. „ich muss sie nur bitten, auf den Balkon zu gehen." „Selbstverständlich," Finn bedankte sich und ging hinaus.

Es war noch kälter geworden, aber Gott sei Dank hatte es aufgehört zu schneien. Finn zündete sich eine Zigarette an und inhalierte den Rauch tief. Wie konnten Menschen Anderen so etwas nur antun. Die Angst in den Augen des ersten Mädchens ging Finn nicht mehr aus dem Kopf. So etwas hatte er noch nie gesehen. Er hörte, wie hinter ihn leise die Balkontür wieder aufgeschoben wurde. Es war Elias. „Geht´s dir gut?" fragte er. „Ja, alles OK. Ich brauchte nur mal ´nen Moment frische Luft."erwiderte Finn und nahm den letzten Zug von seiner Zigarette. „Wie frisch kann die sein mit dem Zeug da?" grinste Elias ihn an. Und auch Finn musste lächeln. Elias flapsiger Kommentar ließ ihn gleich wieder etwas lockerer werden.Sie gingen wieder hinein und zurück auf ihre Plätze.

Marissa holte gerade das nächste Mädchen auf die Bühne.

8

Finn saß gerade wieder auf seinem Stuhl und bei dem Anblick auf der Bühne, zog sich ihm der Magen zusammen. Der Mann im schwarzen Anzug auf der linken Seite der Bühne hatte eine junge Frau so fest am Arm gepackt, dass man seine Fingerabdrücke auf ihrer Haut sehen konnte und zog sie auf die Bühne. Auch sie trug, wie alle anderen ein enges, weißes Kleid, was sie wohl jünger und unschuldiger aussehen lassen sollte. Auch sie war, wie die anderen frisiert und geschminkt. Doch ihr Mascara war verlaufen, als hätte sie gerade noch geweint. Was wohl auch der Grund war, weshalb man unter ihrem linken Auge einen deutlichen Bluterguss erkennen konnte und eine dünne Narbe, die von ihrem Mundwinkel, bis zu ihrer Schläfe hoch reichte. Wie in Trance wartete Finn gar nicht erst auf Marissas Aufforderung zum Bieten. Er hob sofort seine Kelle. Elias zischte dicht neben seinem Ohr etwas wie: „Was tust du denn da?" Doch Finn hörte nicht einmal richtig hin. Er musste drei Mal seine Kelle heben und hatte am Ende 60.000 Dollar geboten und den Zuschlag bekommen. Offenbar wollte niemand der Anwesenden wirklich ein entstelltes Mädchen kaufen. Das zerstörte ihre Illusionen von Perfektion.

„Verdammt." entfuhr es ihm, als die kleine, blonde Frau in den Nebenraum geführt wurde. Er müsste sich eine sehr gute Erklärung für seinen Chef überlegen, warum er gerade 60.000 Dollar an Geldern ausgegeben hatte, die ihm nicht gehörten. Doch dieses Mädchen hatte irgendetwas an sich, bei dem er nicht tatenlos zusehen konnte, wie sie von einem dieser Perversen hier missbraucht wurde. Er konnte spüren, wie Elias hinter ihm zappelig wurde und wusste, er war ihm eine Erklärung schuldig, die er selber nicht hatte. Also stand er auf und ging noch einmal auf den Balkon des Vorzimmers. Elias folgte ihm auf dem Fuße.

„Kannst du mir bitte mal sagen, was du da gerade gemacht hast?" wollte er aufgebracht von Finn wissen. „Ähm, nein. Ehrlich gesagt kann ich dir das nicht sagen. Aber hast du sie dir mal angesehen? Sie war völlig verstört." gab Finn zurück. „Schön und gut, aber deswegen kannst du doch nicht so viel Kohle raus hauen. Wie willst du das Hoock erklären? Und was willst du überhaupt mit der Kleinen machen?" Finn wusste, das Elias recht hatte, war aber noch nicht bereit, klein bei zu geben. „Ich bieg das schon irgendwie wieder hin.Und im Zweifelsfall kann sie ja immer noch als Kronzeugin aussagen." gab er trotzig zurück. „Na, du hast ja Nerven. Viel Glück dabei, wenn du das so dem Chef erklärst."

Finn sah seinen besten Kumpel an und wusste nicht, was er darauf noch erwidern sollte. Also drehte er sich um und ging wieder hinein. Doch noch einmal den Auktionsraum zu betreten war für Finn gerade keine Option. Er war zu aufgewühlt, um jetzt still zu sitzen. Also schnappte er sich noch ein Glas Champagner, trank es auf Ex und setzte sich im Vorraum auf einen der gemütlichen Sessel. Elias folgte ihm, blieb aber hinter ihm stehen. Beide waren tief in die eigenen Gedanken versunken, als der Türsteher vom Aufzug sich laut neben ihnen räusperte: „Sir, Miss Marissa wird gleich die Nummern der Höchstbietenden aufrufen, um die Ware zu bezahlen. Darf ich sie bitten, sich wieder in das Wohnzimmer zu begeben?"

Das war mehr eine Aufforderung, als eine Frage. Und so hatte Finn keine andere Wahl, als wieder nach nebenan zu gehen und auf seinen Aufruf zu warten. Es dauerte auch gar nicht so lange, bis Finns Nummer aufgerufen wurde. Er war nervös, versuchte sich das allerdings nicht anmerken zu lassen, als er gefolgt von Elias die Bibliothek des Penthouses betrat.

Das blonde, schlanke, ca. 1,65m große Mädchen, dass Finn auf der Versteigerungsbühne so verloren und Fehl am Platz vorkam war schon herein geführt worden. Ihre grünblauen Augen schauten immer noch so traurig wie vorhin und ihre vollen Lippen zitterten vor Angst. In der luxuriösen Sitzecke erwartete Marissa ihn bereits. Sie hatte ein Bein übergeschlagen und lehnte sich entspannt auf dem Sofa zurück. Mit einem Lächeln begrüßte sie Finn, der sie ebenfalls mit einem charmanten Lächeln bedachte. Finn wusste, welche Wirkung er auf Frauen haben konnte, wenn er wollte. Und er hatte vor, seinen ganzen Charme in diese Begegnung zu legen. „Guten Abend Mister Barnett. Ich möchte sie noch einmal herzlich willkommen heißen, auf ihrer ersten Auktion. Und wie ich sehen, sind sie bereits fündig geworden." Marissa schnurrte wie ein Katze, doch Finn lies sich davon nicht aus dem Konzept bringen.

„Guten Abend. Ja ich muss sagen, dass sie offenbar wirklich ein Händchen dafür haben, reiche, gelangweilte Geschäftsleute zu unterhalten." gab er schmeichelnd zurück. „Ich hatte ja keine Ahnung, wie einfach es sein kann, sich die gewünschte Gesellschaft zuzulegen. Ach und bitte, nenne sie mich Finn."

„Es freut mich sehr, dass sie sich heute Abend amüsiert haben. Kommen wir nun erst mal zum geschäftlichen Teil, bitte. Wie möchten sie zahlen?" Marissa war ganz Profi. Sie lies sich ebenso wenig ablenken, wie Finn. „Mit Visa, bitte. Sagen sie, was wird auf meiner Abrechnung stehen? Nur der Neugierde halber." „Keine Angst, Finn. Wir sind äußerst diskret. Es wird nur der Name eines seriösen Hostessen-Dienstes auftauchen. Als hätten sie eine Begleitung zu einer Party gebucht." Sie zwinkerte ihm zu, als sie das sagte. Und Finn musste sich beherrschen, um ihr nicht direkt die Meinung zu sagen. Doch er wollte schließlich noch mehr von ihr erfahren. „Gut, jetzt wo das geklärt ist, darf ich sie da noch etwas fragen?" Finn pokerte hoch. Doch er musste etwas riskieren, wenn er an die Hintermänner dieser ganzen Sache heran kommen wollte. „Bitte," lächelte Marissa ihn an. „Ich hatte von dieser Auktion gehört und wollte unbedingt einmal daran teilnehmen.

Weil ich nun mal ein neugieriger Mensch bin. Doch ehrlich gesagt denke ich, dass der Reiz nach kurzer Zeit verflogen sein wird. Und ich weiß von einem Freund, dass sie noch andere Partys veranstalten, die nicht ganz so kostspielig sind. Wie komm ich da rein?" Alles auf eine Karte. Hoffentlich biss sie an.

„Mister Barnett... Finn, ich verstehe, dass sie es kaum erwarten können, ein neues Spiel zu spielen. Vielen meiner Kunden geht das so. Doch ich muss sie um ein wenig Geduld bitten. Es ist durchaus aufwendig, so etwas zu organisieren. Und wir haben immer nur eine begrenzte Teilnehmerzahl. Doch wenn sie mir ihre Handynummer da lassen, werde ich sie eventuell beim nächsten Mal bedenken." Marissa lies sich nicht ein Stück in die Karten schauen. Finn und Elias mussten sich mit dieser Antwort vorerst begnügen.

Als Elias sich hinter ihm räusperte wusste Finn, dass es Zeit war, zu gehen. „Gut, Miss Marissa. Vielen Dank für diesen zauberhaften Abend. Und ihre interessante Gesellschaft.," Finn beugte sich zu Marissa hinüber und hauchte ihr eine Kuss auf die Hand. „Dann werde ich mal meine „Ware" nach Hause bringen. Eli, würdest du dich bitte darum kümmern."

„Es war mir ein Vergnügen mit ihnen Geschäfte zu machen, Mister Barnett." verabschiedete Marissa ihn mit ihrem strahlenden Lächeln. Elias ging zu dem Mädchen hinüber, dass Finn so unbedacht ersteigert hatte und legte ihr sanft die Hand auf den Rücken, um sie aus dem Zimmer zu schieben. Sie zuckte kaum merklich zusammen, lies sich jedoch widerstandslos zum Ausgang bewegen.

Von der Bibliothek aus konnte man durch eine weitere Tür, die ihnen von einem von Marissas Männern aufgehalten wurde direkt in den Eingangsbereich der Suite zurückkehren. Dort wartete bereits der Fahrstuhl auf sie.

Als sich die Türen hinter ihnen schlossen, atmete Finn erleichtert auf. Dann legte er dem Mädchen seinen Mantel um die Schultern und versuchte, ihr aufmunternd zu zu lächeln. Doch als er ihr in die Augen sah bemerkte er, dass sie schon wieder den Tränen nahe war. „Sprichst du unsere Sprache?" fragte Finn sie. „Ein wenig," antwortete sie mit einem deutlichen osteuropäischen Akzent. „Gut, wie heißt du?" wollte Finn von ihr wissen. „Ich heiße, wie sie wollen." antwortete das Mädchen schüchtern. „Das ist aber ein seltsamer Name," versuchte Elias hinter ihnen witzig zu sein. Doch Finn brachte ihn mit nur einem Blick zum Schweigen. „Ich wüsste gern deinen richtigen Namen," versuchte Finn es sanft erneut. „Mein Name ist Yela." „Danke, Yela. Mein Name ist Finn und der schrecklich große Kerl hinter uns ist mein Freund Elias. Du brauchst keine Angst zu haben. Wir werden dir nichts tun." versuchte er Yela zu beruhigen. Und tatsächlich schien sie sich ein wenig zu entspannen.

Unten angekommen rief Elias ihnen ein Taxi und sie fuhren das kurze Stück bis in das Hotel, in dem sie wohnten.

„Wenn du erst mal eine Dusche nehmen und dir was anderes anziehen möchtest, dort drüben ist das Bad," sagte Finn zu Yela, als sie seine Suite betreten hatten. Unschlüssig stand das Mädchen mitten im Raum und sah sich unsicher um. „Oder möchtest du zuerst einen Drink?" bot Finn ihr an, als er merkte, dass sie nicht wusste, was sie tun sollte. Yela nickte dankbar und Finn öffnete die Minibar, um zu sehen, was überhaupt da war. „Ich nehm´ ein Bier," tönte Elias, lies sich auf das Sofa fallen und lockerte seine Krawatte. Finn reichte es ihm und nahm sich selbst auch eins. Als er fragend zu Yela schaute, flüsterte sie:"Ich glaub ich brauch was Stärkeres." Grinsend holte Finn eine kleine Flasche Johnny Walker aus der Bar und schenkte diesen in ein Glas, welches er dem Mädchen reichte. „Setz dich doch," bot er ihr mit einem Wink zum Sofa an, während auch er seine Krawatte und sein Jackett abstreifte und die oberen beiden Knöpfe des Hemdes öffnete. Vorsichtig setzte Yela sich auf die Kante des Sofas, weit genug weg von Elias, dass dieser sie nicht berühren konnte. Sie nippte an ihrem Drink und sah sich unsicher im Raum um.

Finn lehnte sich gegenüber der beiden an den Schreibtisch und beobachtete jede ihrer Bewegungen. Sie tat ihm unendlich leid, denn sie musste viel durchgemacht und große Angst vor dem haben, was da auf sie zukam. „Wie dumm von mir. Du hast nicht mal Sachen zum Wechseln dabei, oder? Ich leih dir was von mir wenn du willst. Und morgen besorgen wir dir was zum Anziehen." stellte Finn plötzlich fest. Kein

Wunder, dass Yela so unsicher zur Badezimmertür geschielt hatte. Nun lächelte sie dankbar und trank noch einen Schluck von ihrem Whiskey. „Ich weiß ja nicht wie es euch geht Leute, aber ich bin total im Arsch. Ich geh rüber und hau mich hin. Wenn du mich brauchst, weißt du ja wo du mich findest." Selbst Elias spürte, dass Yela gerade alles etwas zu viel wurde. Und er wusste, dass wenn jemand etwas aus diesem verängstigten Mädchen heraus bekommen würde, dann war das Finneas Becket. Er erhob sich und ging zur Tür. „Hey, vielleicht war das doch keine so blöde Idee, sie da raus zu holen." flüsterte er Finn an der Tür zu, so dass Yela sie nicht hören konnte. „Danke, Eli. Aber je mehr ich darüber nachdenke, desto bescheuerter kommt mir das Ganze vor. Mal schauen, was ich aus ihr heraus kriege. Wir sehen uns morgen früh." Finn war dankbar, dass sein Freund versuchte, ihm Mut zu machen. Trotz allem hatte er die horrende Summe vor ihren Vorgesetzten zu verantworten. Und das lag ihm wirklich schwer im Magen.

Er schloss die Tür und suchte eine Trainingsshorts und ein T-Shirt von sich für Yela aus seinem Schrank. „Wird wahrscheinlich etwas zu groß sein, aber besser als nichts," entschuldigend mit den Schultern zuckend gab er ihr die Sachen. Sie lächelte ihm dankbar zu und ging in das Bad.

9

Während Yela ausgiebig duschte versuchte Finn einigermaßen den Kopf frei zu kriegen, was ihm kläglich misslang. Er rieb sich die müden Augen und beschloss, Allie anzurufen. Sie fehlte ihm sehr. Mit seinem privaten Handy wählte er ihre Nummer und lauschte dem Freizeichen. Nach dem 10 Klingeln legte er wieder auf und war enttäuscht. Er hätte jetzt dringend ihre Stimme gebraucht. Doch es war schon spät und sie schlief sicher schon tief und fest. Er öffnete sich eine weitere Flasche Bier aus der Minibar und wollte sein Jackett zurück in den Schrank hängen. Dabei fiel ihm auf, dass er immer noch die Schachtel Marlboro in der Jackentasche hatte. Was soll's, dachte er, öffnete die Balkontür und zündete sich draußen eine Zigarette an. Er inhalierte tief und beobachtete die Schneeflocken beim Fallen. Von unten drang der Lärm einer Großstadt gedämpft durch den fallenden Schnee zu ihm hoch. Die Stadt die niemals schläft. Es war egal, welche Tageszeit war, in New York hatte man immer das Gefühl als wäre Rush Hour. Auch die Sirenen der Polizeiautos waren Tag und Nacht zu hören. Finn genoss die kalte Luft noch eine Weile, nachdem er die Zigarette schon längst aus gemacht hatte.

Als er die Badezimmertür hinter sich hörte, drehte er sich herum und lächelte Yela aufmunternd zu. Zusätzlich zu Finns viel zu großen Klamotten, in denen sie verloren wirkte hatte sie sich einen Hotelbademantel umgehangen. Ohne das Make-Up und mit noch feuchten Haaren sah sie noch hübscher aus als vorher. Auch ihre Augen schienen jetzt mehr zu strahlen. „Alles okay?" wollte Finn von ihr wissen. „Da, alles okay." erwiderte Yela. „Du wollen jetzt schlafen?"

Finn sah sie einen Moment verwirrt an, bis er begriff. „Oh, nein. Nicht so wie du denkst. Du kannst gern das Bett haben. Ich werde auf der Couch schlafen." stotterte er vor sich hin. Jetzt war es an Yela verwirrt zu sein. „Du mich gekauft. Wenn du nicht wollen Sex, was dann?" „Oh man, wie erklär ich dir das jetzt?" Finn suchte nach den richtigen Worten. „Yela, ich will nicht mit dir schlafen. Dir wird hier nichts geschehen. Lass uns morgen über alles andere reden. Es ist schon sehr spät."

Yela sah ihn misstrauisch an und Finn war klar, dass sie sich wahrscheinlich gerade die verrücktesten Sachen vorstellte, die er mit ihr vorhaben konnte. Doch schließlich nickte sie in Richtung der Zigarettenschachtel auf dem Tisch und fragte:"Darf ich eine haben, bitte?" „Klar." Finn zog das Feuerzeug aus seiner Hosentasche und gab ihr Feuer. Auch er zündete sich noch eine weitere Zigarette an.

Schweigend rauchten sie nebeneinander und als sie fertig waren, war Yela so müde, dass sie beinahe nicht mehr stehen konnte. Sie schwankte kurz und fiel in Finn´s Arme. Dieser fing sie auf und trug sie zum Bett hinüber. Er legte sie ab und deckte sie zu. Als er ihr mit der rechten Hand die Haare sanft aus der Stirn strich, war sie bereits eingeschlafen.

Da Finn trotz der späten Stunde und einer erdrückenden Müdigkeit noch nicht schlafen konnte, löschte er zwar das große Licht im Zimmer, machte sich dann jedoch den Fernseher an, bevor er es sich mit einem Kissen und einer leichten Decke auf dem Sofa bequem machte. In den Nachrichten wurde gerade wieder über die Unfähigkeit der Polizei berichtet, den Fall mit den Containerleichen aufzuklären. Ich bin dabei, dachte Finn bitter und schaltete auf einen anderen Kanal um.

Er hatte gerade durch drei oder vier Sender gezappt, als sein Telefon summte. Er hatte es meist auf lautlos stehen, um in wichtigen Situationen nicht gestört zu werden. Ein Blick auf das Display lies ihn schwer seufzen. Es war sein Captain. Sicher wollte er wissen, warum Finn vor ein paar Stunden 60.000 Dollar ausgegeben hatte und wofür. Er setzte sich aufrecht hin und nahm das Gespräch widerwillig an: „Becket. Hallo Captain. Ich hab schon auf ihren Anruf gewartet." „Dann können sie mir ja sicher die Frage beantworten, ob sie noch ganz bei Trost sind? 60.000 Dollar? Wofür?" Hoock war offensichtlich ziemlich außer sich. Finn musste grinsen als er sich vorstellte, wie sein Vorgesetzter im Schlafanzug wütend auf und ab lief. Aber wahrscheinlich war er noch gar nicht nach Hause gefahren. Sonst hätte er unmöglich so schnell über die größere Ausgabe informiert werden können.

„Das tut mir wirklich leid, aber es war absolut nötig."
versuchte Finn es vorsichtig. „Und was zur Hölle war so
wichtig?" Hoock war noch nicht besänftigt. „Ich habe
uns sozusagen eine Zeugin aus erster Hand gesichert."
Finn wusste, dass er das noch nicht sicher sagen
konnte. Er hatte mit Yela noch nicht ein bisschen
darüber gesprochen, wie sie bei der Auktion gelandet
war. Er hoffte nur, dass sie auspacken würde. Doch
ihm war auch klar, dass die Mädchen, die aus
Osteuropa hier her verschifft wurden, oft keine andere
Wahl hatten oder sehr unter Druck gesetzt wurden.

„Sie haben ein Mädchen auf der Auktion gekauft?"
schrie Hoock nun ungläubig in das Telefon. Finn hielt
es ein Stück von seinem Ohr weg und antwortete:
"Sozusagen. Aber ich glaube wirklich, dass sie eine
wertvolle Zeugin ist. Und dadurch bin ich auch gleich
mit der Auktionatorin ins Gespräch gekommen. Und
sie ist der Schlüssel, um zu den anderen Events
eingeladen zu werden. Sehen sie es doch als
Investition in die Ermittlungen, um unsere schöne
Stadt etwas sicherer zu machen." Finn konnte hören,
wie Hoock scharf Luft holte und sich zusammen reißen
musste, um ihm nicht durch das Telefon den Hals um
zu drehen.

Nach einer kurzen Pause antwortete dieser jedoch
wesentlich ruhiger:" OK Finn, sie kommen morgen mit
dieser Zeugin auf das Revier. Ich will persönlich mit ihr
reden. Danach entscheide ich, ob ich sie von dem Fall
abziehe, weil sie offenbar verrückt geworden sind."

Es war als Scherz gemeint, doch Finn war sich bewusst darüber, dass Hoock ihn jederzeit zurück pfeifen konnte. Und das wollte er nach dem heutigen Abend auf gar keinen Fall. Also musste er wohl oder übel tun, was sein Chef von ihm verlangte. Außerdem wollte er sowieso einen Abstecher auf das Revier machen, um mit Quentin zu reden. „OK, Boss. Morgen Vormittag sind wir da." Er beendete das Gespräch und lies sich erleichtert zurück in die Kissen fallen. Das war ja besser gelaufen, als er gedacht hatte. Schon kurz darauf, war Finn mit laufendem Fernseher auf dem Sofa eingeschlafen. Er träumte wild von gesichtslosen Mädchen in weißen Kleidern und dicken Männern, die schnaufend widerlichen Sex mit ihnen hatten. Als er am nächsten Morgen aufwachte, fühlte er sich müde und gerädert.

10

Yela schlief noch und schien auch nichts besseres zu träumen, als er selbst letzte Nacht. Finn rief den Zimmerservice an und bestellte Frühstück für drei Personen und fragte auch gleich nach einer Möglichkeit, sich ein paar Anziehsachen kommen zu lassen, bevor er fix unter die kalte Dusche sprang.

Nachdem er sich abgetrocknet und die Zähne geputzt hatte, fühlte er sich schon ein bisschen besser. Und auch Yela war inzwischen wach geworden. „Guten Morgen," begrüßte Finn sie freundlich und sie gähnte ein müdes 'Guten Morgen' zurück. „Ich habe Frühstück bestellt. Sollte gleich da sein. Du hast sicher hunger." „Da, Riesenhunger," bestätigte Yela und lächelte das erste Mal wirklich befreit.

Elias klopfte und Finn lies ihn herein. Kurz darauf kam der Zimmerservice mit dem Essen. Sie frühstückten ausgiebig und Finn staunte, was so eine kleine Person wie Yela alles verdrücken konnte. Als sie fertig waren, klopfte es auch schon wieder an der Zimmertür. Elias zuckte zusammen und seine Hand schoss sofort zu seiner Dienstwaffe, die er im umgeschnallten Schulterhalfter bei sich trug. „Ganz ruhig, Brauner," grinste Finn ihn an. Er öffnete und begrüßte den Pagen, der mit drei vollen Einkaufstüten einer bekannten Modekette vor ihm stand. Er nahm ihm die Tüten ab und gab ein angemessenes Trinkgeld. Darauf kommt es jetzt auch nicht mehr an, dachte er vergnügt. „Für dich." sagte er mit einem Nicken auf die Tüten zu Yela. Die bekam große Augen. „Das ist viel zu viel." stotterte sie überwältigt. „Dankeschön, Finn."

„Nur ein paar Jeans und Shirts, etwas Unterwäsche. Was man eben so braucht für den Anfang. Bedank dich beim amerikanischen Steuerzahler." grinste Finn und schenkte sich noch einen Kaffee ein. Auch Elias musste nun grinsen und fragte:"Hat Hoock das abgesegnet?" „Er weiß nichts davon. Wird über meine Spesen abgerechnet. Außerdem ist mir das auch gerade herzlich egal. Erst mal muss ich ihm nachher die 60.000 erklären. Und ich hoffe Yela kann mir dabei helfen."

Yela hörte auf, in den Tüten zu stöbern und sah fragend zu Finn und Elias hinüber. „Yela, hör mal zu. Wir sind keine reichen Geschäftsleute, denen so langweilig ist, dass sie ihr Geld im Menschenhandel unterbringen wollen. Wir sind Undercover-Cops der New Yorker Polizei. Wir ermitteln gegen die Menschen, die dich in dieses Land gebracht haben, um dich zu verkaufen. Und ich hoffe, du hast den Mut, mir zu erzählen, wie es dazu kommen konnte." Finn sah Yela eindringlich in die wunderschönen, blaugrünen Augen. Sie begann zu zittern und schlang die Arme um sich. Doch dann nickte sie kaum merklich und Finn fiel ein riesengroßer Stein vom Herzen.

Yela nahm die Tüten mit in das Bad und zog sich etwas an. Dann setzte sie sich in Jeans und einem Schlichten roten Hoodie wieder zu Finn und Elias an den Tisch. Sie schien sich inzwischen ein wenig gefangen zu haben.

„Das ist lange Geschichte. Soll ich hier erzählen?" fragte sie und sah auf ihre Hände, die sie im Schoß gefaltet hatte. „Nein, ich möchte dir das nicht öfter zumuten, als es nötig ist." Finn legte ihr sanft eine Hand auf die Schulter, wobei Yela jedoch zusammenzuckte und zurück wich. „Wir fahren gleich in das Polizeirevier und treffen dort unseren Vorgesetzten. Mit ihm zusammen werden wir reden. Über alles, was du uns zu erzählen hast." Yela nickte und seufzte:"Gut. Ich erzähle alles. Darf ich noch eine Zigarette haben, bitte?" Finn konnte den stechenden Blick von seinem Kumpel förmlich spüren, als er Yela die Schachtel und das Feuerzeug rüber schob.

„Ist ja gut, ich hör schon wieder auf damit." sagte er, als Yela auf den Balkon verschwunden war. „Das will ich auch hoffen. Wenn ich dich zu Allie zurück bringe aus diesem Einsatz, und du rauchst wieder, dann krieg ich es doch glatt mit ab." tadelte Elias seinen Freund. Und er hatte Recht, das wusste Finn genau. Allie hasste es, wenn er rauchte.

Dabei fiel Finn ein, dass er sie heute unbedingt erreichen musste. Sie hatten einmal abgemacht, dass Finn sich, wenn er schon nicht nach Hause kommen konnte, während seiner Einsätze wenigstens bei Allie melden sollte. Sie machte sich immer große Sorgen, dass ihm etwas zustoßen, und sie ihn dann in der Notaufnahme ihres Krankenhauses wieder finden würde. „Da sagst du was..." Finn stand auf und schnappte sich sein Handy. „Ich muss mal eben telefonieren." Da Elias im Zimmer und Yela auf dem Balkon war, verschwand er in den Hotelflur, um ungestört mit seiner Freundin reden zu können.

„Finn, na endlich!" begrüßte Allie ihn schon nach dem zweiten Klingeln. Er konnte an ihrer Stimme hören, dass sie besorgt war. „Hey, Kleines," versuchte er so unbeschwert wie möglich zu klingen. „Ist alles klar bei dir? Ich hab es gestern Abend schon mal versucht." „Hab ich gesehen. Ich hatte Nachtdienst. Bist du OK?" erklärte Allie ihm. „Ja, klar. Alles in Ordnung. Es ist schön, deine Stimme zu hören. Ich vermisse dich!" Und das stimmte. Finn fühlte sich jedes Mal inkomplett, wenn sie nicht in seiner Nähe war. „Ich vermisse dich auch. Das Bett ist viel zu groß und zu leer wenn du nicht da bist," er konnte ihr Lächeln beinah vor sich sehen. Doch für viel mehr hatte er jetzt keine Zeit. Er musste Yela so schnell wie möglich auf das Revier bringen. „OK, ich muss auch schon wieder auflegen. Ich hoffe ich schaffe es heute Abend zu Hause zu sein. Wenn nicht meld ich mich aber nochmal." „Ist gut. Ich liebe Dich." hauchte Allie ins Telefon. „Ich liebe Dich auch." Mit diesen Worten legte er auf. Einen Moment stand er mit dem Telefon in der Hand im Hotelflur und hatte wieder einmal das Gefühl, Allie nicht gerecht werden zu können. Doch das musste er bei Seite schieben, um bei seinem Einsatz voll bei der Sache zu sein. Er atmete tief durch und ging um Yela und Elias zu holen. Sie sollten sich wirklich langsam auf den Weg machen.

11

Nachdem sie aus dem Hotel aus gecheckt hatten riefen sie sich ein Taxi, um sich durch den New Yorker Verkehr bis zum Revier durchzuschlagen. Es war kalt und windig. Die grauen Wolken hingen so tief, dass man von einigen der Hochhäuser nicht einmal mehr die Dächer sehen konnte. Der Schnee hatte sich in Regen verwandelt und lief in Strömen an den Fensterscheiben des Taxis hinab. Die Scheibenwischer kamen kaum mit dem Wischen nach. Sie waren alle in Gedanken versunken und fuhren die halbe Stunde bis zum Revier schweigend. Finn hatte die ganze Zeit das Gefühl, das Yela neben ihm nicht vor Kälte, sondern vor Angst zitterte. Sie saß dort wie ein Häufchen Elend und er war kurz davor, sie tröstend in seine Arme zu schließen.

Als sie endlich ankamen war es elf Uhr und der Regen hatte noch nicht nachgelassen, sondern war eher noch stärker geworden. Sie beeilten sich ins Trockene zu kommen. Schon beim Betreten des Reviers kam ihnen Hoock entgegen. Er sah immer noch wütend aus. Finn bedeutete Yela im Wartebereich Platz zu nehmen und bat Elias bei ihr zu bleiben. Er wollte zuerst allein mit seinem Vorgesetzten reden. Sie standen ein Stück entfernt von den beiden als Hoock Finn sogleich maß nahm:" Jetzt erklären sie mir bitte einmal, was sie sich bei der Aktion gestern gedacht haben. Wenn die Kleine nicht bereit wäre auszusagen, hätten sie ein wirklich großes Problem. Haben sie wenigstens schon mal mit ihr gesprochen?" „Nein, hab ich nicht. Aber sie ist bereit, uns alles zu erzählen, was sie weiß. Trotzdem sollten wir vorsichtig vorgehen. Sie hat Angst. Und wenn sie sie genauso anblaffen wie mich gerade dreht sie wahrscheinlich auf dem Fuß um und ist weg." Hoock schnappte kurz nach Luft, beherrschte sich dann aber und sah Finn nur noch wütender an. „Bringen sie sie in Verhörraum 2!" befahl er dann, drehte sich um und verschwand in seinem Büro.

„Puh, der hat ja ´ne Scheißlaune," stellte Finn kurz darauf Elias gegenüber fest. Dieser konnte sich ein Grinsen nicht verkneifen. „Bin ich froh, dass der nur auf dich so sauer ist, und nicht auf mich." erwiderte er fröhlich. „Na komm, Yela. Wir bringen dich zum Verhörraum, wo wir ungestört reden können. Möchtest du was trinken?" wandte Finn sich nun an das rumänische Mädchen. „Wodka?" fragte sie und lächelte Finn schüchtern an. Der musste Lachen. „Ja, den könnte ich jetzt auch gebrauchen. Ich fürchte Kaffee muss für´s Erste reichen. Und wenn mein Kollege etwas Mitgefühl hat, holt er uns einen aus dem Café gegenüber. Das Zeug hier im Revier ist nicht genießbar." Elias erhob sich und machte sich auch so gleich auf den Weg. Er wusste das Finn recht hatte. Und mit einem guten Kaffee konnten sie vielleicht auch ihren griesgrämigen Captain ein wenig besänftigen. Bislang hatte das jedenfalls immer funktioniert.

Finn legte Yela eine Hand auf den Rücken und schob sie durch den üblichen Trubel eines Polizeireviers auf die Verhörräume zu. In Raum zwei angekommen bot er ihr einen Platz an und entschuldigte sich kurz. Er ging an seinen Schreibtisch, wählte kurz Quentins Durchwahl und fragte diesen, ob er in zwei Stunden wohl mal etwas Zeit frei hätte, um über den Einsatz zu reden. Quentin hatte Zeit und freute sich schon darauf zu hören, was der Abend ergeben hatte. Bewaffnet mit einem Block, Stift und einem Diktiergerät machte er sich wieder auf dem Weg zu Yela. Elias und Hoock trafen zur gleichen Zeit auch dort ein und sie betraten gemeinsam den Raum.

Tatsächlich half der duftende, heiße Kaffee von Marci, um den Captain einigermaßen milde zu stimmen. Oder aber er riss sich vor der Zeugin sehr zusammen. Er begrüßte Yela freundlich, stellte sich vor und versuchte ihr so die Angst zu nehmen. Offenbar hatte er sich Finns Worte zu Herzen genommen. „Gut, fangen wir ganz am Anfang an," ergriff Finn das Wort. „Mein Name ist Detectiv Finneas Becket und das ist mein Kollege Detectiv Elias Brennan. Verrat uns doch bitte deinen vollen Namen, deinen Geburtstag und wo du herkommst."

„Ich heiße Yela Radu und wurde am 14.05.2003 in Slatina in Rumänien geboren." antwortete Yela leise.

„Wir werden das nachher noch überprüfen müssen. Ich geh mal davon aus, dass du keinen Ausweis mehr hast?" wandte Elias ein und Yela schüttelte nur den

Kopf. „Yela, kannst du mir erzählen, wie du an die Leute gekommen bist, die dich nach Amerika verschifft haben?" Finn wollte, dass Yela ihre Geschichte ganz von vorne erzählte. Er hoffte es ihr so leichter machen zu können. Doch Yelas Sprachkenntnisse reichten nicht aus, um einen langen Monolog zu halten. Sie würden zuerst einen Dolmetscher kommen lassen müssen. Und so war das erste Verhör schneller beendet, als es angefangen hatte. Der Captain beschloss, dass es Sinn machte, zuerst ihre bisher gemachten Angaben zu überprüfen. Also schickte er Elias mit Yela los, um Fingerabdrücke und Fotos zu machen und im Generalkonsulat von Rumänien nachzufragen, ob diese Yelas Identität bestätigen könnten. Vielleicht würde man dort auch einen hilfsbereiten Dolmetscher finden.

Da dies einige Zeit in Anspruch nehmen konnte, machte Finn sich auf den Weg zu Quentin in den Keller. Dieser freute sich, Finn so schnell wieder zu sehen und sprang gleich als Finn reinkam von seinem Schreibtisch auf und begrüßte ihn überschwänglich. „Ich bin nur einen Nacht weg gewesen. Du benimmst dich ja wie meine Freundin." beschwerte sich Finn und wand sich aus Quentins unbeholfener Umarmung. „Tut mir leid. Ich freu mich einfach so, dass alles geklappt hat. Wobei, wenn ich deine Ausgaben ansehe, wage ich zu bezweifeln, dass der Captain dich nochmal einen Nacht von der Leine lässt," entschuldigte sich der junge Nerd. „Hat sich also schon rum gesprochen, super." seufzte Finn. „Weswegen ich aber eigentlich hier bin ist was ganz anderes. Gibt es in deiner Welt eine Möglichkeit, wie ich unauffällig Fotos der Partygäste schießen kann, um sie mit unserer Datenbank abzugleichen?" „Klar gibt es die. Unzählige Möglichkeiten sogar. Komm, ich zeig dir was." Quentins Wangen glühten vor Freude. Jetzt konnte er mit technischen Wissen auf seinem Fachgebiet glänzen. Er öffnete auf seinem PC einige Internetseiten und zeigte Finn ein paar sehr kleine Kameras, die man ohne weiteres so anbringen konnte, dass sie niemand bemerken würde. Finn staunte nicht schlecht, was der Markt so hergab. Doch diese Kosten wollte er sich ordnungsgemäß absegnen lassen. Er war schon genug in Ungnade gefallen. Er nahm also von Quentin nur ein paar Ausdrucke mit, um sie später Hoock zu zeigen und verabschiedete sich auch schnell wieder aus dem stickigen Keller.

Als er zurück in die Zivilisation kam, war Elias auch schon mit der Überprüfung von Yelas Angaben fertig und gab ihm ein Zeichen, mit in den Verhörraum zu kommen. „Der Dolmetscher aus dem Konsulat müsste jeden Moment hier sein. Susi bringt ihn dann rein." rief Elias ihm entgegen. Finn nickte seinem Freund zu und lies im Vorbeigehen die Ausdrucke von Quentin auf seinen Schreibtisch fallen. Das konnte bis später warten.

12

„OK, Yela. Wir haben deine Angaben überprüft und es scheint alles zu stimmen. Magst du uns jetzt erzählen, wie du nach Amerika gekommen bist?" begann Finn erneut, als er mit Elias, Hoock und der Dolmetscherin im Verhörraum Platz genommen hatte.

Yela nickte und begann zu erzählen: „Ich war mit einer Freundin in einer kleinen Diskothek in Slatina. Wir wollten nur ein wenig tanzen und Spaß haben. Die Ferien hatten gerade begonnen. Da sprach uns so ein Mann an. Er sagte, er suche nach Mädchen mit dem gewissen Etwas. Und dass er für eine große Modelagentur arbeiten würde. Er wollte am nächsten Tag ein paar Probefotos von uns machen. Er war nett und charmant. Er gab uns ein paar Drinks aus und wir verabredeten uns dafür und waren ziemlich aufgeregt. Als wir am nächsten Nachmittag zu der Adresse kamen, die er uns genannt hat, war da wirklich ein Fotograf. Wir shooteten jeder eine ganze Reihe Bilder. Erst angezogen, dann nur noch in unserer Unterwäsche. Ich weiß, dass war dumm. Aber wir dachten wirklich, er würde uns groß raus bringen. Im Nachhinein fiel mir auf, dass er die ganze Zeit auch an seinem Handy hing. Er schaute auf den Monitor, sprach in sein Handy. So ging das eine ganze Weile. Als wir fertig waren, wurde er plötzlich komisch. Er und sein Fotograf packten meine Freundin und mich und sperrten uns in einen Raum. Wir hatten solche Angst."

„Du machst das gut, Yela. Bitte erzähl weiter. Was passierte dann?"

„Einige Zeit später, es war schon dunkel draußen, holten sie uns wieder raus. Sie fesselten uns die Hände auf den Rücken und sagten, wenn wir schreien oder weglaufen würden, würden sie uns umbringen. Sie steckten uns in ein Auto und fuhren mit uns zu einem Industriegebiet oder sowas. Dort mussten wir in einen LKW steigen. Hinten auf die Ladefläche. Dort waren schon andere Mädchen. Sie kauerten in der hintersten Ecke. Es war dunkel und kalt. Der Lkw fuhr los und wir hielten uns aneinander fest. Wir fuhren lange. Ich weiß nicht wie lange." Yela stockte kurz, erzählte dann aber weiter: „Immer wenn wir eine Pause machten, war es draußen dunkel. Wir bekamen zu trinken und eine Kleinigkeit zu essen. Wir durften unter Bewachung pinkeln gehen. Irgendwo in einem Waldstück. Auf der ganzen Fahrt haben wir nie andere Menschen gesehen, als unsere Bewacher."

„Yela, hat man euch wehgetan? Du kannst ganz offen reden. Niemand hier wird dir etwas tun."

„Ein paar mal kam es vor, dass einige Mädchen länger weg waren, als nur zum Pinkeln. Wenn sie wieder in den Lastwagen stiegen, weinten sie. Manchmal hatten sie auch ein blaues Auge oder eine aufgeplatzte Lippe. Ich glaube der Mann, der sie bewacht hat, hat sie vergewaltigt. Aber keines der Mädchen hat darüber gesprochen."

Hier musste Finn eine Pause einlegen. Yela hatte bitterlich zu weinen angefangen und er wollte ihr die Zeit geben, die sie brauchte. Die Dolmetscherin blieb bei Yela und tröstete sie. Wahrscheinlich war es auch besser, wenn eine Frau das übernahm, dachte Finn. Elias, Hoock und er verließen kurz den Raum, um sich zu besprechen.

„Die alte Leier, oder?" begann Elias. „Diese Story hat man schon tausend mal gehört. Und immer noch fallen die Mädchen darauf rein. Ich mach dich zum Supermodel. Ja klar!" Ratlos fuhr sich Finn mit der Hand durch die Haare:"Auf jeden Fall scheint das Methode zu haben. Vielleicht kann ein Phantombildzeichner mit Yela arbeiten? Wenn sie den Typen und auch andere beschreiben kann, könnte man das an die rumänischen Behörden weiterleiten. Und wer weiß, vielleicht kriegen wir hier in New York auch ein paar Bilder?" schlug Finn vor. „Das ist eine gute Idee. Ich werde mich darum kümmern. Reden sie weiter mit dem Mädchen," wies Hoock sie an.

Yela schien sich inzwischen auch etwas beruhigt zu haben. Also wollten Finn und Elias das Verhör fortsetzen. „Geht es wieder?" fragte Finn Yela sanft. Sie nickte nur, und zog geräuschvoll die Nase hoch. Die Dolmetscherin reichte ihr ein weiteres Taschentuch und gab Finn ein Zeichen, dass sie bereit war.

„Also gut, ihr seid also eine ganze Weile gefahren. Hast du eine Ahnung, wo ihr hin gefahren seid?" fragte Finn als erstes.

„Nein. Ich weiß nur, dass dort sehr große Schiffe waren. Und Container. So viele hatte ich noch nie gesehen. Und die Sprache der Menschen dort hörte sich komisch an. Vielleicht holländisch? Ich weiß es nicht."

„Wurdet ihr auf eins der großen Schiffe gebracht?"

„Ja. Es war schon beladen. Hunderte von Containern standen darauf. Wir mussten leise sein und uns beeilen. Zwei Männer, deren Sprache wir nicht verstanden schubsten uns vorwärts. Wir wurden in einen der Container gesperrt. Es lagen Decken auf dem Boden. Und es gab Wasser in Flaschen. Für unsere Notdurft standen zwei Eimer bereit. Ich kam mir vor wie ein Nutztier. Die Männer verschlossen den Container, dann war es so dunkel, dass wir kaum noch etwas sehen konnten. Sie kamen nur alle paar Tage mal, um uns Wasser zu bringen. Manchmal bekamen wir auch etwas zu Essen. Und wir durften unsere Eimer leeren. Sonst waren wir unter uns. Wenigstens wurde auf dem Schiff kein Mädchen vergewaltigt." Yela brauchte einen Moment um sich zu sammeln.

„Darf ich hier rauchen?" fragte sie und sah Finn dabei das erste Mal seit Beginn des Verhörs direkt in die Augen. Dieser nickte, und bat Elias einen Aschenbecher zu besorgen. Eli war schnell zurück und schob das Teil über den Tisch zu Yela. Dabei warf er Finn einen Blick zu, der wohl sagen sollte :"Jetzt fang du nicht auch noch an."

Finn lehnte die Zigarette die Yela ihm anbot ab und fragte sie stattdessen:"Hast du eine Ahnung, wie lange ihr in diesem Container ward? Und wie viel Mädchen seid ihr gewesen?"

Yela zog noch einmal an der Zigarette und überlegte:"Also, wir waren mindestens 10 Mädchen. Einige schon so in unserem Alter, andere jünger. Es war sogar eine dabei, die höchstens 10 Jahre alt gewesen sein konnte. Aber wie lange wir auf diesem Schiff waren, weiß ich nicht. Ich weiß nur, dass es zum Ende der Fahrt hin wirklich hart wurde. Es war kalt, es schaukelte. Wir hatten kaum etwas gegessen, das Trinken mussten wir uns einteilen. Und in den letzten Tagen kam auch niemand mehr, um uns zu versorgen. Viel frische Luft kam nicht in den Container. Manchen fiel das Atmen schwer. Wir waren fast schon froh, als wir das Schiff endlich verlassen konnten. Wieder mitten in der Nacht. Und wir mussten wieder in einen Laster steigen. Das heißt, diesmal war es eher ein Lieferwagen. So einer wie UPS ihn fährt. Und die Männer, die uns diesmal fuhren waren netter zu uns als die in Rumänien. Wir wurden in eine heruntergekommene Wohnung gebracht. Dort sollten wir uns waschen und wurden dann von einem Arzt untersucht. Er nahm uns sogar Blut ab. Wir bekamen etwas zu Essen und wurden dann in eins der Schlafzimmer gesperrt. Wir waren so erschöpft von der langen Reise, dass wir wohl alle erst mal einschliefen." Yela drückte ihre Zigarette aus und nahm einen Schluck Wasser.

„Yela, glaubst du, du könntest die Männer beschreiben, die euch verschleppt haben? Kennst du den Namen von einem von ihnen?" hakte Finn nun nach.

„Ich habe ein ziemlich gutes Gedächtnis, was Gesichter angeht. Ich denke, ich würde sie wieder erkennen. Und beschreiben sollte auch kein Problem sein. Aber Namen weiß ich nicht."

„Wenn wir hier fertig sind, würde ich gern den Phantombildzeichner kommen lasse. Würdest du ihm beschreiben, wie diese Männer ausgesehen haben?"

Yela zuckte mit den Schultern und nickte.

„Danke Yela, das könnte uns sehr weiter helfen. Magst du mir erzählen, wie es hier in New York weiterging?" forderte Finn sie auf, ihre Geschichte fortzusetzen.

„Nach ein oder zwei Tagen holte man ein paar Mädchen aus dem Raum und brachte sie weg. Ich hab sie nie wieder gesehen. Auch die ganz Kleine war dabei. Ich weiß nicht wo sie hingebracht wurden. Meine Freundin und mich holte man am Tag darauf. Nur uns beide. Wir hielten einander an den Händen und zitterten vor Angst. Ein blonder Mann, mit einer Narbe im Gesicht, ich glaube sie nannten ihn Max fuhr uns in ein großes Haus. Fast schon eine Villa. Dort angekommen wurden wir wieder in einen Raum gesperrt. Aber der war viel schöner als alles, wo wir vorher waren. Es gab ein gemütliches Sofa, ein großes

Bett und ein Bad direkt nebenan. Nach einer Weile kam ein gut gekleideter Herr herein. Er stellte sich als Mister Smith vor. Und Marissa war bei ihm, die Frau von der Auktion. Sie fragten uns wie es uns geht, und wirkten erst mal sehr freundlich. Dann erklärten sie uns, dass wir nie wieder zurück nach Rumänien kommen würden. Dass dies jetzt unser Leben sei und wenn wir uns brav verhalten würden, dass es ein gutes werden konnte. Und sie machten uns klar, dass wir schweigen und alles mit uns machen lassen sollten. Sonst würden wir es bereuen. Sie erzählte von Partys mit reichen Männern und Frauen, denen wir 'gefällig' sein sollten. Auch wenn viele dieser Männer ganz spezielle Vorlieben hätten."

„Wusstest ihr da schon, dass ihr verkauft werden solltet?"

„Nein. Wir dachten, wir würden in dem schönen Haus bleiben. Dort halfen wir ein paar Tage in der Küche mit. Wir mussten putzen und Essen servieren. Eigentlich ging es uns dort gut. Bis auf die Tatsache, dass wir eingesperrt waren. Nach zwei Wochen kam Marissa zu uns und erzählte uns von den Auktionen. Dass es Männer geben würde, die uns gern in ihrem zu Hause hätten. Weil wir so gute Arbeit machen würden. Sie machte uns aber auch klar, dass wir nach der Versteigerung diesen Männern gehören würden. Und dass diese mit uns auch andere Dinge machen konnten, wenn sie das wollten. Sie drohte uns, wenn wir uns nicht benehmen würden, egal zu welchem

Zeitpunkt, und ihre Kunden sich darüber beschweren sollten, würde sie uns höchst persönlich abholen und uns eine Lektion erteilen. Sie zeigte uns Fotos, von unseren Familien. Es war klar, dass sie wusste, wo sie sie fand und dass sie nicht zögern würde auch ihnen etwas anzutun, sollten wir nicht wie gewünscht mitspielen."

Wieder füllten sich Yelas Augen mit Tränen. Sie dachte an zu Hause, an ihre Eltern, die sich sicherlich große Sorgen machten.

„War deine Freundin auch auf der Auktion?" wollte Finn von ihr wissen.

„Nein, Emilia wurde ein paar Tage nach dem Gespräch von dort weggebracht. Ich habe sie nicht wieder gesehen."

„Danke Yela, dass du uns deine Geschichte erzählt hast. Es hilft mir wirklich sehr dabei, diese Schweine zu kriegen, die euch das angetan haben." Finn atmete tief durch und blickte Yela einen Moment lang schweigend an.

Es klopfte an der Tür und Hoock steckte den Kopf herein:" Kann ich sie kurz sprechen, Detectiv Becket?"

„Ich bin gleich wieder da," entschuldigte er sich und verließ den Raum. „Der Zeichner ist in einer halben Stunde da. Wenn sie soweit sind, könnte er mit der Zeugin arbeiten." erklärte ihm Hoock.

„Ich denke, wir sollten ihr ´ne kurze Pause gönnen. Vielleicht kann Susi etwas zu Essen besorgen?" erwiderte Finn. „Kein Problem. Ich schicke sie gleich mal los. Und ihren Bericht erwarte ich noch heute Abend auf meinem Tisch." Hoock war immer noch wütend auf Finn, was er an seinen kurzen und knappen Ansagen deutlich zu spüren bekam. Dass Yela bereit war auszusagen, lies ihn aber erst einmal abwarten, wo Finn´s Ermittlungen noch hingingen.

„In Ordnung. Dann sag ich ihr mal Bescheid." Und mit einem Nicken in Richtung Tür verschwand Finn wieder im Verhörraum.

13

Nachdem sie eine Pause gemacht und gut gegessen hatten, klopfte der Phantombildzeichner mit seinem Block unter dem Arm an die Tür. Er war ein hagerer Mann mittleren Alters mit Nickelbrille und erdfarbener Bundfaltenhose. Finn machte ihn mit Yela bekannt und verabschiedete sich erst einmal in Richtung seines Schreibtisches, um seinen Bericht anzufangen. Auch Elias war damit beschäftigt, seine Version des ersten Abends aufzuschreiben.

Die ganze Zeit über gingen Finn Yela´s Worte nicht mehr aus dem Kopf. Er konnte sich vorstellen, dass sie wahnsinnige Angst gehabt haben musste. Und dass sie ihre Familie vermisste. Also legte er seinen Bericht zur Seite und stellte eine Anfrage an die Polizei in Slatina, Rumänien. Er schickte ein Foto von Yela und bat darum, in der Vermissten-Datei nach ihr zu suchen und ihm die Kontaktdaten der Angehörigen zukommen zu lassen. Er wusste, dass sie Yela noch mindestens bis zum Prozess gegen die Menschenschieber hier behalten mussten, aber sie konnte ja zumindest schon mal Kontakt zu ihren Eltern aufnehmen und ihnen sagen, dass sie in Sicherheit war. Und er würde sein Bestes geben, um die Ermittlungen möglichst schnell abzuschließen.

„Hey, Eli. Komm mal her." rief Finn danach seinem Partner zu.

„Was gibt's?" Elias war froh, von seinem Schreibtisch weg zu kommen. Er hasste den Papierkram genauso wie Finn, doch er gehörte nun einmal dazu. „Ich will auf eine dieser Sexpartys." flüsterte Finn ihm zu. „Hast du ´nen Knall? Hoock lässt dich da niemals hin. Nicht nach den 60.000 die du rausgehauen hast." Elias schüttelte vehement den Kopf. „Dann müssen wir das eben heimlich machen. Ich will die ganze Bande. Keine halben Sachen." Finn war fest entschlossen. Und Elias wusste, dass er das seinem Freund nicht ausreden konnte. Keine Chance. „Wir? Und wie willst du das anstellen? Wir haben nichts. Wir wissen nicht mal, wo wir ansetzen sollen." Elias war immer noch skeptisch. „Bei Marissa. Ich hab ihre Nummer. Ich werd sie einfach anrufen und nett nachfragen." Finn hielt die Visitenkarte hoch, die Marissa ihm in der Bibliothek gegeben hatte und grinste Elias selbstsicher an. „Du hast vollkommen den Verstand verloren." seufzte Elias und zuckte hilflos mit den Schultern. „Aber ich lass dich natürlich nicht hängen. Ich bin dabei."
„Großartig. Wir treffen uns heute Abend bei dir." beschloss Finn. „Bei mir? Warum das denn?" „Na, weil Allie nicht unbedingt mitkriegen muss, dass ich ein Sexdate plane." genervt verdrehte Finn die Augen. „Oh, OK. Da hast du auch wieder recht. Meine Frau wird das sicher nicht so sehr stören." gab Elias sarkastisch zurück.

Der restliche Tag zog sich hin wie Kaugummi. Yela und der Zeichner kamen gut voran und nach einem Blick auf die Skizzen gab Finn sie für die Analyse frei. Sollten die Jungs mal herausfinden, ob da bekannte Gesichter dabei waren. Zwei der Zeichnungen mailte er dem Generalkonsulat und bat um Nachricht, sollten sie in Rumänien etwas herausfinden.

Gegen Abend wurde Yela in eine sichere Wohnung gebracht. Sie war eine wichtige Zeugin und stand unter dem Schutz der New Yorker Polizei. Zumindest bis zum Prozess. Finn lies es sich nicht nehmen, sie zu begleiten. „Ich hoffe, du kannst hier etwas zur Ruhe kommen," sagte er, als sie die Wohnung betraten. „Du bist wirklich sehr nett zu mir, Finn. Aber wann kann ich denn nach Hause? Zu meinen Eltern?" wollte Yela mit Tränen in den Augen wissen. „Das dauert leider noch eine Weile. Wir brauchen dich hier, um diese Leute hinter Gitter zu bringen," versuchte Finn ihr zu erklären. „Aber ich hab mich schon darum gekümmert, dass wir ihre Kontaktdaten bekommen. Sobald ich die habe, kannst du sie anrufen und ihnen sagen, dass es dir gut geht." Yela fiel ihm um den Hals. Finn drang der Duft ihres Haares nach Lavendel in die Nase. "Dankeschön, Finn." Und damit hauchte sie ihm einen Kuss auf die Wange.

Finn war das äußerst unangenehm, besonders vor den Kollegen. Er schob Yela sanft von sich und wollte sich von ihr verabschieden. Im Hinterkopf hatte er schon seine Verabredung mit Elias und den Anruf bei Marissa. „Fühl dich hier wie zu Hause. Und sollte irgend etwas sein, hier hast du meine Nummer. Ruf mich einfach an. Egal wann." Er strich Yela noch einmal über das Haar und verließ die Wohnung.

Mit der U-Bahn machte er sich auf den Weg zu seinem Partner, der gar nicht so weit entfernt wohnte. Auf dem Weg dort hin rief er Allie an und entschuldigte sich, dass es heute doch spät werden würde. Es war mal wieder etwas dazwischen gekommen. Allie seufzte und sagte:" Wie immer. Weck mich bitte unbedingt, wenn du zu Hause bist. Ich will wenigstens einen Kuss von dir, bevor du dich wieder in deiner Arbeit vergräbst." Er konnte ihr Lächeln am Telefon hören und musste auch lächeln. „Mach ich. Ich liebe dich" verabschiedete er sich von ihr.

Als er kurz darauf bei Elias klingelte, war Finn total durchgefroren. Draußen schneite es wieder und er musste sich einige Schneeflocken aus den Haaren schütteln, bevor er seine Jacke auszog. Elias kleiner Sohn Luis flog ihm mit einem wilden Schrei in die Arme und begrüßte seinen 'Onkel Finn' stürmisch. Kurz darauf kam Elias Frau Kathy aus dem Wohnzimmer, begrüßte Finn mit einem Kuss auf die Wange und schnappte sich den Fünfjährigen, der bereits in einem Superhelden-Pyjama steckte. Sie wollte ihn endlich ins Bett stecken. Elias bot Finn ein Bier an und er nahm dankend an, ehe er sich in Elias´ Männerhöhle im Hobbykeller, wie sie nannte auf das abgewetzte Sofa fallen lies. Elias Frau Kathy wusste, dass die Jungs dort unten nicht gestört werden wollten.

„Also, was willst du dieser Marissa sagen? Das Mädchen, was du gekauft hast reicht dir nicht? Damit haust du Yela in die Pfanne und wirst sie wahrscheinlich zurück bringen müssen." begann Elias die Unterhaltung. „Richtig. Deswegen werde ich ihr erzählen, dass sie großartig ist, ich aber auf der Suche nach einem ganz speziellen Nervenkitzel bin. Was ist also das Schmutzigste, was deine Fantasie hergibt?" antwortete Finn. „Meine Fantasie? Bist du nicht derjenige, der belanglosen Sex und Zufallsbekanntschaften in seiner Vita stehen hat? Ich bin mir sicher, du hast schon mehr erlebt, als ich mir je ausdenken könnte." grinste sein Freund ihn an. „Das ist vorbei. Und so aufregend, wie es sich anhört war es auch gar nicht. Zumindest nicht immer." gab Finn zurück. „Na dann sollten wir improvisieren. Vielleicht hat ja Marissa was anzubieten. Oder du fragst direkt nach der kleinen 10jährigen. Denn das wäre das Perverseste, was mir zu dem Thema einfällt." schlug Elias gefrustet vor. Finn atmete tief durch und schüttelte sich erneut. Diesmal vor Ekel. „Das ist sogar mir zu krass. Wenn wir das Geld noch freigegeben hätten, würde ich so sogar versuchen, sie da raus zu kriegen. Aber da wir an der kurzen Leine hängen wird das wohl nichts."

Kurz saßen sie grübelnd nebeneinander und schwiegen. Finn nahm ein Schluck von seinem Bier und nahm dann sein Handy in die Hand um Marissas Nummer zu wählen. „Und was willst du ihr jetzt sagen?" flüsterte Elias ihm aufgeregt zu. „Keine

Ahnung. Ich improvisiere." antwortete Finn ebenso leise. Nach dem vierten Klingeln nahm endlich jemand ab: „Hallo?" „Guten Abend. Bin ich da richtig bei Marissa?" fragte Finn. „Das kommt ganz darauf an. Wer möchte das Wissen." schnurrte die tiefe Frauenstimme am anderen Ende der Leitung. „Hier spricht Finn Barnett. Wir haben uns neulich Abend auf ihrem Event kennengelernt. Vielleicht erinnern sie sich." „Ich erinnere mich an alle meine Kunden. Was kann ich für sie tun, Mister Barnett?" „Nun ja, wie ich bei der Auktion schon angemerkt habe, hätte ich durchaus Interesse an weiteren von ihnen organisierten Events. Wobei ich diesmal nicht unbedingt etwas kaufen möchte. Ich bin eher auf der Suche nach etwas Spannendem, Kurzfristigem."

Kurz herrschte Stille, doch dann räusperte sich Marissa und schlug vor: „Mister Barnett, wie ich ihnen auf der Auktion schon mitgeteilt habe ist die Teilnehmerzahl bei solchen Events begrenzt. Und ich muss mir natürlich vollkommen sicher sein, dass ich mich auf die Diskretion der Gäste verlassen kann. Das werden sie sicher verstehen. Also wieso treffen wir uns nicht mal auf einen Kaffee, damit ich ihnen etwas auf den Zahn fühlen kann?" „Aber ja, sehr gern. Ich bin noch eine Weile in der Stadt, da ich hier geschäftlich zu tun habe. Was schlagen sie also vor?" „Morgen Nachmittag. Um 15 Uhr im Festival Café. 1155 2nd Avenue, Manhattan. Ich werde dort auf sie warten." Sie legte auf, ohne auf eine Antwort zu warten.

Finn starrte einen Moment verwirrt auf sein Handy. „Aufgelegt." stellte er dann fest. „Ja und? Trefft ihr euch? Was hat sie denn gesagt?" wollte Elias aufgeregt wissen. „Wir treffen uns morgen in einem Café an der Upper East Side. So langsam wird mir Manhattan immer unheimlicher." antwortete Finn und nahm noch einen Schluck von seinem Bier. „Großartig. Soll ich dich begleiten? Immerhin bin ich ja als dein Bodyguard unterwegs." „Ach Eli, ich will dich da eigentlich nicht mehr hinein ziehen, als es sein muss. Hoock wird so schon durchdrehen, wenn er das raus findet."

„OK, Becks, jetzt hör mal zu. Du bist mein bester Kumpel und ich hab dir gesagt, ich lass dich nicht hängen. Ich bin dabei. Und wie sagst du immer so schön, wir überzeugen den alten Piraten eben durch Ergebnisse." Elias schlug ihm aufmunternd auf die Schulter. „Na dann, abgemacht! Schmeiß dich in ein Hemd und Jackett und hol mich morgen um 14 Uhr ab. Danke, mein Freund." Finn war erleichtert, denn er wusste, dass er mit Elias an seiner Seite immer den Rücken frei haben würde. Er war der einzige, auf den er sich jederzeit zu 100% verlassen konnte und dem er blind sein Leben anvertraute.

Sie tranken noch gemeinsam ihr Bier aus und Finn machte sich auf den Weg nach Hause. Er hatte Allie nun schon ein paar Tage nicht gesehen, und so langsam wurde das zur Qual. Er vermisste sie sehr und freute sich darauf, sie heute Nacht in den Armen zu halten.

14

Zu Hause angekommen streifte Finn sich als erstes die nassen Schuhe von den Füßen und hängte seine Jacke auf. Er schlich auf Zehenspitzen in das Schlafzimmer und zog sich leise aus, um sich zu Allie unter die Decke zu kuscheln. Doch wie leise er auch war, sie wurde dabei trotzdem wach: „Hey, da bist du ja. Ich hab dich so vermisst." Sie drehte sich zu ihm herum und küsste ihn. „Du hast mir auch gefehlt," hauchte Finn atemlos, zwischen zwei Küssen. Es war klar, was Allie wollte und Finn hatte absolut nichts dagegen. Ihre Hände strichen über seinen Körper und auch er konnte seine Finger nicht von ihr lassen. So schnell er konnte, zog er ihr das Shirt über den Kopf und auch die Schlafanzughose aus. Sie liebten sich leidenschaftlich und schliefen danach erschöpft und glücklich Arm in Arm ein.

Die Nacht war viel zu kurz, und am nächsten Morgen weckte Allie, gekleidet in grauen Shorts und grünem Top, darüber eine Strickjacke, die ihr bis an die Knie reichte Finn mit einem starken Kaffee am Bett. Sie strich ihm durch die verwuschelten Haare und lächelte ihn verliebt an. „Aufwachen, du Schlafmütze. Erzähl mal. Wo hast du die letzten Tage so gesteckt?"

„Im Hotel." gähnte Finn müde und nahm einen Schluck Kaffee, an dem er sich beinahe die Zunge verbrannte. „Wir haben schon einen kleinen Erfolg zu vermelden. Auch wenn Hoock das sicher anders sehen würde.

Aber du weißt, ich darf keine Details zu laufenden Ermittlungen nennen." „Und glaubst du, ihr seid mit dem Fall noch lange beschäftigt?" wollte sie von Finn wissen. „Wir haben ja gerade erst angefangen. Das ganze geht noch tiefer als ich dachte. Wer weiß, was wir noch so alles finden. Aber nun genug von mir. Wie läuft's im Krankenhaus?" Finn sprach nicht gern über seine Arbeit. Er hatte so schon oft genug das Gefühl, sich selbst in seinen verschiedenen Identitäten zu verlieren. Wenn er zu Hause war wollte er versuchen, wenigstens ein bisschen er selbst zu sein.

„Es läuft gut. Mein Oberarzt hat mich ein wenig auf dem Kieker, aber so weiß ich am Ende des Tages wenigstens, dass ich mir alles selbst erarbeitet habe." erzählte Allie. Finn bewunderte sie oft für ihre positive Einstellung. Nichts konnte sie aus der Bahn werfen, nichts machte ihr schlechte Laune. Auch jetzt erzählte sie mit einem Lächeln im Gesicht von einem ihrer Patienten, den sie gestern Abend noch gesund entlassen konnte. Finn konnte nicht anders. Er stellte seine Tasse auf den Nachttisch, zog sie zu sich heran und küsste sie sanft. „Ich liebe dich, weißt du das? Ich lass dich nie wieder gehen." flüsterte er ihr zu. Dann nahm er sie in die Arme und hielt sie für einen Moment einfach nur so fest. „Ist alles in Ordnung?" wollte Allie von ihm wissen, als er seine Arme langsam von ihr löste. „Ja, alles Bestens. Ich muss mich fertig machen." Und mit einem Kuss auf ihre Nasenspitze warf Finn die Decke zurück und tapste nackt in das Bad.

Als er frisch geduscht und im schicken grauen Anzug wieder heraus kam, blieb Allie mit offenem Mund mitten in der Bewegung stehen und starrte ihn an. „Ist jemand gestorben?" brachte sie gerade noch heraus. Finn sah stirnrunzelnd an sich herab:" Ähm, nein. Seh´ ich aus als würde ich zu ´ner Beerdigung gehen?" „Also wenn du einen Anzug trägst, dann muss schon irgendwas passiert sein." stellte Allie fest. „Achso, das. Nee, nichts ist passiert. Gehört zur Tarnung." erklärte Finn und zwinkerte ihr munter zu. „Nur die blöde Krawatte krieg ich einfach nicht gebunden." „Lass mich mal." Allie lächelte ihn milde an. Geschickt band sie ihm einen ordentlichen Windsor-knoten und strich ihm die hellblaue Krawatte über der Brust noch einmal glatt. „Du siehst toll aus. Solltest du viel öfter tragen, so einen Anzug." „Gewöhn´ dich lieber nicht dran. Ich hasse die Dinger." Finn zupfte an seinem Kragen herum und versuchte, den Knoten der Krawatte so locker wie möglich zu machen. Doch Allie schlug ihm sanft auf die Finger. „Lass das. Der muss genau so sitzen," tadelte sie ihn und er gab sich geschlagen. „Schaffst du es heute Abend zum Essen nach Hause? Ich hab heute frei und würde gern für uns kochen." „Weiß ich noch nicht. Rechne lieber nicht damit. Ich melde mich," Finn tat es leid, sie schon wieder versetzen zu müssen. Doch er war nun mal im Dienst, wenn die Bösewichte im Dienst waren. Das konnte er sich nicht aussuchen.

Sie verabschiedeten sich an der Wohnungstür, und Allie sah Finn noch nach, bis dieser im Treppenhaus nach unten verschwand. Sie seufzte und ging wieder hinein, um zu frühstücken. Allein!

15

Elias wartete schon unten auf Finn und sie machten sich gemeinsam auf den Weg in Richtung Manhattan.

Finn hatte sich über das Café in dem er sich mit Marissa treffen wollte online informiert. Teurer Kaffee, Snacks und gutes Essen. Die High Society liebte diesen Laden, auf Instagram wurde er gehypt und er ging nicht davon aus, dass ihm hier irgendeine Gefahr drohte. Was sollte Marissa mit ihren Bodyguards schon mitten in der Öffentlichkeit ausrichten? Trotzdem war er froh, Elias an seiner Seite zu wissen. Es gab ihm die Sicherheit, die er brauchte, um sich voll und ganz auf das Gespräch zu konzentrieren. Elias behielt die Umgebung im Auge und würde einschreiten, wenn es nötig war.

Als sie das Café betraten, empfing sie Kaffeeduft und das Gemurmel von zig Gesprächen an den Tischen der Gäste. Marissa erwartete ihn schon. Sie sah mal wieder blendend aus in ihrem schwarzen Bleistiftrock mit weißer Bluse und einem lockeren Blazer darüber, dazu irre hohe High Heels. Ganz die Geschäftsfrau. Niemand würde etwas anderes vermuten. „Ich freue mich sehr sie wieder zu sehen," begrüßte Finn die Frau und gab ihr charmant einen angedeuteten Handkuss. „Das Vergnügen ist ganz auf meiner Seite, Finn." erwiderte Marissa. „Ah, wir sind wieder beim Vornamen. Das ist gut." Finn musste lächeln. „Ich wollte ihnen noch einmal ein Kompliment zu ihrer letzten Veranstaltung machen. Das war wirklich höchst interessant."

„Vielen Dank, das höre ich wirklich gern. Und sind sie zufrieden mit ihrem Kauf?" Marissa musterte ihn genau als er antwortete. „Sehr zufrieden. Sie macht genau das, was ich von ihr erwartet habe. Es könnte nicht besser laufen." Und das war nicht einmal gelogen. Bei der Versteigerung hatte er gehofft, dass Yela gegen die Leute aussagen würde, die sie in dieses Land gebracht hatten. Und genau das tat sie auch. Das war sicher nicht das, was Marissa sich gerade vorstellte, aber so sollte es ja auch sein. Je mehr Finn bei der Wahrheit bleiben konnte, umso geringer war die Chance, dass er sich irgendwann einmal verraten würde. „Das freut mich. Dann erklären sie mir doch bitte einmal, warum sie es mit der nächsten Veranstaltung so eilig haben? Das Mädchen sollte ihnen doch jeden Wunsch erfüllen." Marissa war immer noch misstrauisch. Wer konnte es ihr verdenken? „Ich lege mich nicht gern fest. Und ich langweile mich schnell. Eigentlich geht es mir auch mehr um den Nervenkitzel." Finn zwinkerte Marissa zu. „Sie werden aber sicher verstehen, dass ich für ein Event, wie das an dem sie teilnehmen möchten, die absolute Diskretion der Gäste sicherstellen muss. Dafür muss ich jeden Gast kennen. Und sie kenne ich nicht. Und meine Nachforschungen über sie haben auch absolut nichts ergeben. Es ist fast, als hätten sie vor ein paar Wochen noch nicht existiert."

Hier wurde es heikel. Finn musste gut aufpassen, was er jetzt sagte. Sie würde alles überprüfen lassen, das wusste er. Er musste sich genau an seine auswendig gelernte Vita halten. Denn alles was darin stand, konnte mehr oder weniger leicht von jedem nachgeprüft werden. „Es schmeichelt mir, dass eine Frau wie sie so ein großes Interesse an mir hat." begann er mit einem frechen Grinsen in Marissa´s Richtung. „ Ich bin tatsächlich erst vor kurzem zu etwas Geld gekommen. Eine Erbschaft, die ich durch geschicktes spekulieren an der Börse erheblich vergrößert habe. Dann habe ich in Los Angeles ein Start Up gegründet. Und dies auch gleich gewinnbringend wieder verkauft. Wie ich schon sagte, ich lege mich nicht gern fest." „Mein lieber Finn, das weiß ich doch schon alles. Jeder Idiot kann das googeln. Mich interessiert eher wo sie herkommen, wer sie wirklich sind, wie ihre Vorlieben sind. Gibt es Leichen im Keller von Finn Barnett?" Sie kam gleich zur Sache. „Ich komme aus San Francisco. Bin der Sohn einer Arbeiterfamilie und habe so viele Vorlieben, dass das hier den Rahmen sprengen würde. Und nein; Keine Leichen im Keller. Bislang. Wenn man von dem illegalen Menschenhandel im Penthouse des Four Seasons letzte Woche mal absieht. Aber ich denke, es ist dann wohl die gleiche Leiche, die bei ihnen im Keller liegt, nicht wahr?" Die Antwort kam wie aus der Pistole geschossen. Ein wenig Improvisation, ein wenig Wahrheit und ein wenig Sarkasmus, denn Finn wurde ein wenig nervös bei Marissas bohrendem Blick. Und

Sarkasmus war schon immer das Mittel gewesen, mit der er seine Nervosität am Besten verschleiern konnte. Hoffentlich nahm sie ihm das ab.

Sie sah ihn lange prüfend an und musste dann Lachen. Finn atmete erleichtert auf. Geschafft.

„Finn, ich mag sie. Und ich hoffe, meine Menschenkenntnis täuscht mich nicht, wenn ich ihnen jetzt sage, dass sie auf meiner nächsten Party gern gesehen sind. Aber seien sie sich bitte bewusst darüber, dass meine Chefs auch da sein werden. Sie werden alles genau beobachten. Denn darum geht es doch bei den Events in New York, oder? Sehen und gesehen werden." „Ich freue mich schon darauf. Wird sicher ein interessanter Abend werden. Und vielleicht erfahre ich dort auch etwas mehr über sie? Den auch ich habe meine Hausaufgaben gemacht. Auch zu ihnen ist online nicht wirklich etwas zu finden. Was ich persönlich sehr spannend finde." Finn´s Selbstsicherheit war zurück und er konnte es sich nicht verkneifen, ein wenig mit Marissa zu flirten.

Hinter ihm räusperte sich Elias:" Entschuldigung, Sir. Aber ihr nächster Termin wartet schon. Wir müssen gehen." Eli musste irgendetwas gesehen haben, was ihn argwöhnisch werden lies, sonst hätte er Finns Unterhaltung nicht unterbrochen. „Ist gut, Eli. Danke." nickte Finn ihm zu und wandte sich dann bedauernd an Marissa. „So sehr ich ihre Gesellschaft auch genieße, die Arbeit ruft. Ich freue mich schon auf ein

Wiedersehen." „Es war mir ein Vergnügen, Finn. Hoffentlich bis bald."

„Was ist los?" wollte Finn auf der Straße von Elias wissen. „In ihre Bodyguards ist Bewegung gekommen. Einer hatte die Hand unter dem Jackett an der Waffe. Ich wollte kein Risiko eingehen. Was hat sie gesagt?"

„Wir sind drin. Ich konnte sie davon überzeugen, dass ich unbedingt Gast auf ihrer nächsten Party sein sollte." „Dir ist aber schon klar, dass Bodyguards dort wahrscheinlich nicht zugelassen sind, oder? Du bist dann auf dich allein gestellt." Elias war immer noch skeptisch, was Finn´s Plan anging. „Darüber mache ich mir Gedanken, wenn es soweit ist. Bis hier her ist es so gelaufen, wie ich es geplant hatte. Auch dank dir. Danke für´s Rücken frei halten." „Pff," macht Elias mit einer wegwerfenden Handbewegung. „Hör schon auf damit. Du hättest das Gleiche für mich getan." „Ach, und eine interessante Information gibt es noch. Marissa ist wie erwartet nicht der Kopf des Ganzen. Auch wenn sie ein verdammt hübscher Kopf wäre. Sie meinte, dass ihre Chefs beim nächsten Event dabei sind. Wir hätten sie alle auf einen Haufen." Finn war ganz aufgeregt, als er Elias das berichtete. „Willst du damit schon zu Hoock?" dämpfte dieser seine Euphorie. „Hmm, nee. Ich glaub ich warte auf die Einladung. Ein genaues Datum wird ihn mehr besänftigen, als ich das könnte." Elias lachte laut los. „Du konntest ihn noch nie besänftigen. Weil du immer auf Konfrontation mit ihm gehst und dir eh nichts sagen lässt. Diplomatie ist ein totales Fremdwort für dich."

Finn wusste, dass Elias recht hatte, war aber trotzdem genervt davon. Im Zwischenmenschlichen hatte er schon immer Probleme gehabt, auch wenn man das bei seinen Einsätzen seltsamerweise nicht merkte. Er konnte Menschen gut lesen, sah aber meistens nicht die Notwendigkeit, sein Tun diplomatisch zu erklären. Meist gab der Erfolg ihm Recht. Und er entschuldigte sich lieber im Nachhinein, wenn er einen Fehler gemacht hatte, als es gar nicht erst zu probieren und tatenlos herum zu sitzen. „Dafür hab ich ja dich als meinen Partner aufgebrummt bekommen. Und jetzt lass uns endlich hier verschwinden."

Elias rief ein Taxi heran und konnte immer noch nur grinsen, als sie endlich auf der Brooklyn Bridge und weg von Manhattan fuhren.

16

Finn bat den Taxifahrer, ihn an der Adresse abzusetzen an der sie Yela untergebracht hatten, und verabschiedete sich dort von seinem Kumpel.

Die Polizistin, die Yela bewachte war die Gleiche, wie am Abend vorher. Zum Glück für Finn, denn er hatte seinen Ausweis natürlich nicht bei sich. Als er die Wohnung betrat merkte er gleich, dass Yela geweint hatte. Sie hockte unglücklich in einem gelben Sweatshirt und einer Leggins auf dem Sofa und starrte aus dem Fenster. Sie nahm nicht einmal richtig wahr, dass er den Raum betrat. Unsicher stand er im Eingang herum und sah sie stirnrunzelnd an. „Alles in Ordnung?" fragte er die Polizistin, die ihn herein gelassen hatte. „Sie ist völlig aufgelöst. Schon fast die ganze Zeit. Ich weiß auch nicht, was ich noch machen soll," hilflos zuckte sie die Achseln. „Ich rede mal mit ihr. Machen sie doch ´ne kurze Pause." schlug Finn vor. Dankbar nahm die Kollegin das Angebot an und holte sich in der Küche einen Kaffee, bevor sie in den Hinterhof ging, um dort eine Zigarette zu rauchen.

„Hey, Yela. Was ist denn los mit dir, Kleines?" versuchte Finn es sanft bei der jungen Rumänin. Yela flog beinah in seine Arme und schluchzte haltlos. Finn hielt sie einen Moment fest und strich ihr tröstend über den Rücken. „Ich weiß, das ist alles sicher schwer für dich. Aber du musst noch ein bisschen durchhalten, okay?" Yela nickte, schluchzte aber weiter. „Kann ich irgendetwas für dich tun?" fragte Finn sie. „Ich habe Angst. Ich vermisse meine Familie. Was kannst du da schon tun?" brachte das Mädchen nun aufgebracht heraus und löste sich aus Finn´s Umarmung, um sich ein Taschentuch zu holen. „Da hab ich vielleicht etwas, was dich aufheitern könnte," grinste Finn sie an. Er zog sein Handy aus der Hosentasche und scrollte sich durch die Nachrichten der letzten 12 Stunden. Er hatte noch nicht viel Zeit gehabt, sich damit zu befassen, hatte am Morgen aber die SMS von einem Kollegen aus dem Revier gesehen, in welcher dieser ihm mitteilte, dass sie die Kontaktdaten von Yela´s Eltern herausgefunden hatten. Er wählte die Nummer, die er bekommen hatte und reichte Yela das Handy. Sie war völlig außer sich, als sie die Stimme ihrer Mutter am anderen Ende der Leitung hörte. Ihre Augen leuchteten auf, und sie wusste nicht genau, ob sie lachen oder weinen sollte.

Da sich die beiden auf rumänisch unterhielten, und Finn sowieso kein Wort verstand bedeutete er Yela, dass er bei der Kollegin in Hinterhof wartete. Sie nickte ihm zu und sprach gleichzeitig weiter mit ihrer Mutter.

Mit einem Lächeln auf den Lippen machte Finn sich auf den Weg nach draußen. Erschrocken ließ die junge Kollegin die Zigarette fallen, als er durch die Hintertür hinaustrat. „Ich bin´s nur. Sie dürfen ruhig weiter rauchen, wenn sie mir eine abgeben." grinste er sie an. „Ähm, klar. Hier" Sie hielt ihm das Zigarettenpäckchen hin und Finn bediente sich. „Hat sie sich etwas beruhigt?" wollte sie nach zwei Zügen von ihm wissen. „Sie telefoniert gerade mit ihren Eltern in Rumänien. Der Captain wird ´nen Schlag kriegen, wenn er die Rechnung des Diensthandys sieht." Finn konnte sich Hoocks Gesicht schon bildlich vorstellen und musste lachen. „Ich bewundere manchmal wirklich ihre Art mit Autoritäten umzugehen," grinste nun auch die Polizistin. „Schauen sie sich das bloß nicht ab. Ich hab ständig Ärger deswegen." Finn trat seine Kippe aus und beschloss nach Yela zu sehen.

Sie telefonierte immer noch, lächelte mittlerweile aber dabei. Finn holte sich einen Kaffee aus der Küche und setzte sich auf einen der Stühle an der Kücheninsel. Er beobachtete Yela dabei, wie sie mit ihren Eltern sprach und war glücklich bei der Vorstellung, sie bald zu ihnen nach Hause schicken zu können. Doch bis dahin gab es noch eine ganze Menge zu tun.

17

Finn verließ die Wohnung zwei Stunden später und es begann draußen bereits dunkel zu werden. Yela hatte fast die gesamten zwei Stunden mit ihren Eltern telefoniert und Finn wusste jetzt schon, dass das bei seinem Chef einen Wutanfall auslösen würde. Doch das nahm er gern in Kauf. Als er Yela mit der Ablösung der jungen Polizistin allein lies, war sie schon viel besser drauf. Es nutzte ihnen ja auch nichts, wenn das Mädchen bis zum Prozess in Depressionen versank.

Er beschloss, trotz der winterlichen Kälte die paar Blocks bis nach Hause zu laufen. So bekam er vielleicht das Jammerbild von vorhin aus dem Kopf und konnte sich heute Abend voll und ganz auf seine Freundin konzentrieren. Er freute sich schon auf das gemeinsame Essen. Und wenn er ehrlich war, lenkte ihn das ein wenig davon ab, dass er schon wieder nur abwarten konnte, bis Marissa ihren nächsten Zug machte. Das war bei diesem Fall wahrscheinlich das Schwierigste für ihn. Die ständige Warterei.

Auf dem Nachhauseweg ging er in Gedanken alles noch einmal durch. Die 4 jungen Mädchenleichen in dem Frachtcontainer, die Webseiten im Darknet, die Versteigerung, Yela, Marissa…Es passte alles zusammen und doch hatte er das Gefühl, etwas Wichtiges zu übersehen. Diese Sexparty, zu der er unbedingt wollte, machte ihn nervös. Er würde den ganzen Abend auf sich allein gestellt improvisieren müssen. Das konnte er gut, dennoch war ihm immer wohler zu Mute, wenn er wusste, dass er Eli als Rückendeckung dabei hatte. Auch war es noch fraglich, ob er überhaupt die Freigabe für die Party bekommen würde. Im Moment war sein Captain nicht sehr gut auf ihn zu sprechen, was Finn verstehen konnte. Und selbst wenn er Hoock überreden konnte, wovon er ausging, was genau versprach er sich eigentlich davon? Er wollte ja nicht mit allen anderen Anwesenden dabei zusehen, wie ein Mädchen vergewaltigt wurde. Hätte er sich im Griff, wenn es dazu kommen würde? Könnte er das zulassen, nur seiner Tarnung wegen?

Fast wäre er an seinem Hauseingang vorbei gelaufen, so sehr war er in Gedanken versunken. Erst jetzt merkte er, wie sehr er fror. Er hatte immer noch nur den grauen Anzug an, und das dünne Jackett war nicht gerade für einen Winterspaziergang geeignet. Er beeilte sich, die Treppen zu seinem Appartement hochzusteigen und in die warme Wohnung zu kommen. Als er die Tür aufschloss, stieg ihm ein köstlicher Geruch in die Nase. Allie hatte die Musik aufgedreht und sang und tanzte in der Küche beim Kochen. Finn musste lächeln und sah ihr fasziniert dabei zu, wie fröhlich und unbeschwert sie die Zutaten in die Töpfe tat und darin rührte, während sie mit dem Po wackelte und ihr Lieblingslied von Maroon 5 mitsang. Als Allie sich plötzlich umdrehte und ihn in der Küchentür stehen sah, erschrak sie kurz. Dann lachte sie verlegen und gab ihm einen Kuss, bevor sie die Musik leiser stellte.

„Wie schön, dass du es geschafft hast. Und dann auch noch fast pünktlich. So viel Aufmerksamkeit bin ich ja gar nicht gewohnt." neckte sie ihn. „Das hätte ich um nichts auf der Welt verpassen wollen. Kurz dachte ich wir sind hier bei Dancing with the Stars," neckte er zurück. Allie musste lachen und Finn stellte einmal mehr fest, dass das wohl das schönste Geräusch auf der Welt für ihn war. „Ich zieh mich eben um. Riecht übrigens köstlich." Mit einem Klaps auf den Po lies er Allie in der Küche allein und zog sich im Schlafzimmer etwas Bequemeres an.

Nach dem Essen saßen sie noch eine ganze Weile bei einem Glas Rotwein auf dem Sofa und unterhielten sich. Mit Allie konnte Finn über Gott und die Welt reden, und es wurde ihm nie langweilig. Ihre grünen Augen leuchteten wenn sie von ihrer Arbeit sprach. Man merkte, dass sie mit Leidenschaft bei der Sache war. Und Finn konnte tatsächlich mal für ein paar Stunden alles um sich herum vergessen und einfach nur bewundern, wie sich das Kerzenlicht auf ihren roten Haaren brach und wie hübsch das kleine Grübchen an ihrer Wange war, wenn sie lachte.

Bald schon knutschten sie wie zwei verknallte Teenager, und kurz darauf wechselten sie in das Schlafzimmer. Die Nacht war erfüllt von Liebe und Zärtlichkeit.

18

Früh am nächsten Morgen war Finn schon wieder auf den Beinen und lief, als wäre der Teufel hinter ihm her um die Häuserblocks seines Viertels. Die Gitarrenriffs in seinen Ohren waren hart und laut und schalteten fast automatisch seinen eigenen Gedanken aus.

An einer Ampel musste er kurz anhalten und joggte auf der Stelle. Neben ihm stand ein junges Mädchen von ungefähr 17 Jahren, die augenscheinlich auf dem Weg zur Schule war. Den Rucksack lässig über die Schulter gehängt kaute sie angestrengt auf ihrem Kaugummi. Als sie bemerkte, dass Finn sie ansah, spuckte sie ihm den Kaugummi vor die Füße und verdrehte genervt die Augen. Freche Göre, schoss es Finn durch den Kopf. Die Ampel schaltete auf grün und sie ging mit hoch erhobenem Kopf an ihm vorbei.

Finn jedoch blieb wie angewurzelt stehen. Durch die Musik hindurch, hatte sich in ihm doch noch ein klarer Gedanke gebildet. Was war eigentlich mit diesem Containerschiff, in dem die Leichen der vier Mädchen gefunden worden waren? Lag es noch im Hafen? Welche Spuren hatte die Mordkommission gefunden? Sie schienen damals alle nicht relevant für seinen Fall zu sein, doch mit dem Wissen von der Versteigerung, das er jetzt hatte, sollte er sie sich noch einmal ansehen. Und auch das Schiff und der betreffende Container könnten interessant sein. Darüber musste er sich unbedingt mit Elias und Quentin unterhalten. Er lief so schnell er konnte nach Hause, um zu duschen und dann gleich in das Revier zu fahren.

Tatsächlich war Elias auch schon vor ihm da. Es fiel ihm schon immer leichter, die geforderten Berichte zu schreiben, als Finn. Und so fand Finn ihn auch an seinem Schreibtisch, über eine Akte gebeugt. Schwungvoll setzte Finn sich auf Elias Schreibtisch, um ihn am schreiben zu hindern, und sagte statt einer Begrüßung:"Ich muss dir unbedingt etwas erzählen." „Dir auch einen guten Morgen. Nett dich zu sehen, wie geht's denn so?" antwortete sein Freund ironisch. „Jaja, Guten morgen und so. Also hör zu. Ich werde heute zum Containerhafen fahren. Ich will mir unbedingt dieses Schiff nochmal anschauen. Vielleicht haben wir Glück und finden etwas." „Und was soll das sein? Die Mordkommission hat doch schon alles durchsucht. Der Bericht dazu müsste irgendwo auf deinem Schreibtisch liegen. Wenn du ab und zu mal nachsehen würdest, wärst du vielleicht überrascht, was du findest," grinste Elias ihn an. „Den hab ich sogar schon gelesen, mein Freund. Da staunst du, was? Aber ich denke trotzdem, wir sollten uns die Sache nochmal selbst ansehen. Jetzt, mit den Infos von Yela und der Versteigerung, finden wir vielleicht etwas, was sie übersehen haben." Finn war selten um einen Konter verlegen. Und dieser hatte gesessen. Elias sah ihn wirklich mit großen Augen an. Er überlegte kurz und nickte dann zustimmend. „Ist gut. Dann lass uns los." Er schnappte sich seine Jacke und wollte schon aus dem Revier gehen, als Finn ihn noch einmal zurück hielt. „Wir sollten Quentin mitnehmen. Vielleicht kann er sich in die Überwachungskameras hacken, während wir uns umsehen." „Das ist illegal, und das weißt du. Nichts, was wir da finden, könnten wir hinterher verwenden." mahnte ihn Elias. „Ist mir klar. Aber darum kümmern wir uns, wenn es soweit ist." Und mit diesen Worten schlug Finn den Weg in den Keller ein. Mit einem resignierten Seufzen folgte Elias ihm. Finn war eh nicht davon abzubringen, also konnte er ihm auch über die Schulter sehen, und versuchen, auf ihn aufzupassen.

Quentin war begeistert von der Idee, auch wenn er sogleich zur Verschwiegenheit verpflichtet wurde. Er war noch nie in einem Außeneinsatz gewesen, und wirkte aufgeregt. Nachdem er seinen Laptop und ein paar technische Spielereien eingepackt hatte verkündete er:" Bin startklar. Hack the Planet!" Elias warf ihm einen vernichtenden Blick zu und Finn konnte sich ein Lachen nicht verkneifen:"Naja, vielleicht nicht gleich den ganzen Planeten, aber zumindest das Überwachungssystem des Hafens."

Im Hafen angekommen blieb Quentin mit seinem Laptop auf den Knien im Auto sitzen. „Ich bin nah genug, um in ihr WIFI einzudringen und mir von hier aus alles reinzuziehen, was sie haben. Macht ihr mal euren Job, und lasst mich meinen machen." Finn und Elias ließen ihn also zurück. Sie meldeten sich brav beim Hafenmeister an, wiesen sich aus und baten darum, sich noch einmal den betreffenden Container ansehen zu dürfen. Der untersetzte Mann mit Halbglatze wirkte nicht sehr erfreut über die Unterbrechung seiner Arbeit, willigte aber mürrisch ein. In seinem Blaumann und mit der orangenen Warnweste über der Winterjacke sah er aus wie man sich einen typischer Hafenarbeiter vorstellte. Und er roch auch genauso. Nach Öl, Schmierfett und Treibstoff. Er ging voran und erklärte Finn und Elias: "Wisst ihr was, die Polizei hat den Container wirklich lang genug lahm gelegt. Zeit ist Geld, Jungs. Wir brauchen das verdammte Ding langsam mal wieder auf See." „Wir werden das weitergeben." versprach Finn, wusste aber, dass der Container als Beweismittel noch einige Zeit unter Beschlagnahmung stehen würde. „Hmm," machte der Mann, nur zum Teil zufrieden gestellt. Am Container angekommen schaute er Finn fragend an. „Und jetzt? Das Ding ist doch versiegelt. Ich geh da nicht bei." Er verschränkte die Arme vor der Brust und machte keine Anstalten, noch einen Handschlag zu tun. „Das ist schon okay. Ich mach das." Elias brach das angebrachte Polizeisiegel auf und entfernte das Absperrband mit der Aufschrift „Crime Scene". Dann öffnete er die große Eisentür und schnappte nach Luft. Selbst jetzt noch roch es in dem Container nach Verwesung und Schimmel. Der Geruch hatte sich trotz der Kälte in die unansehnlichen Matratzen gefressen, die in der hinteren Ecke am Boden verteilt waren. Auch Finn holte erst tief Luft, und band sich dann seinen Schal vor Mund und Nase, bevor er den Container betrat. Mit seiner Handytaschenlampe sorgte er für etwas mehr Licht und sah sich in der Ecke mit den Matratzen um. Tatsächlich war hier nicht mehr viel zu finden. Aber Finn bekam ein Gefühl dafür, wie sehr die Mädchen gelitten haben mochten, als sie wie Vieh in diesem Container nach New York transportiert worden waren. Was ihm nicht einleuchten wollte war, warum man sie hatte verhungern und verdursten lassen. Sie sollten ihren Entführern doch noch Geld einbringen? In Gedanken versunken nahm er nur am Rande wahr, wie Elias neben ihn trat. „Hey, alles okay mit dir?" wollte sein Partner von ihm wissen. „Ja, mir geht nur nicht in den Kopf, warum sie sie haben sterben lassen," erklärte er Elias. Da klingelte sein Handy. Mit einem Blick auf das Display erkannte Finn, dass es Quentin war, der anrief. „Hey, was gibt's?" fragte Finn, nachdem er abgenommen hatte. „Ich glaube, ich hab da was gefunden. Wird euch nicht gefallen." Finn meinte fast zu hören, wie blass der Computerspezialist sein musste. „Wir sind gleich da." versprach er und legte auf. Er bedankte sich beim Hafenmeister und Elias verschloss den Container wieder, und versuchte so gut es ging das Absperrband wieder fest zu machen.

Die Wärme des Autos war eine Wohltat, nachdem Finn und Elias gerade im kalten Wind der vom Meer herüber wehte ausgeharrt hatten. „Also, was hast du?" fragte Finn und rieb sich die eingefrorenen Hände. „Seht selbst." kommentierte Quentin nur und drehte seinen Laptop zu den beiden Vordersitzen herum.

Dann drückte er auf das Touchpad des Laptops und ein Video begann zu laufen.

Es war dunkel, und man sah nur schwach von einer Laternen beschienen zwei Männer, die wild gestikulierten und offenbar miteinander stritten. Sie standen an der Hafenkante vor einem großen Schiff mit einer Zahlenkennung an der Seite. Plötzlich zog einer der Männer eine Waffe und feuerte dem Anderen direkt ins Gesicht. Blut und Hirnmasse spritzte an den Bug des Schiffes und der Mann brach tot zusammen. Elias zuckte zusammen und sah Finn erschrocken an. „Und was jetzt? Das müssen wir melden." Doch das Video war noch nicht zu Ende. Der Mann, der geschossen hatte, packte die Füße des Toten und schleppte ihn noch dichter an die Hafenkante. Dann versetzte er dem Körper einen Tritt und ließ ihn ins Wasser zwischen Hafenmauer und Schiff fallen. Als er sich umdrehte, konnte man sehen, wie er sich hektisch umsah und dann verschwand.

„Kannst du mir das Gesicht dieses Typen ranzoomen?" fragte Finn, der genau wie Elias zwar schockiert war, aber auch gleich eine Chance in ihrem Fund sah. „Klar," erwiderte Quentin, drehte den Laptop zu sich und machte ein paar Klicks, bevor er Finn das Ergebnis präsentierte. „Schon erledigt." „Volltreffer!" freute sich Finn. Elias und Quentin sahen ihn ratlos an. „Das ist der Typ, den Yela dem Phantombildzeichner beschrieben hat. Ich erkenne ihn wieder. Max, glaube ich." „Und was ist daran gut? Wir können die

Aufnahme nicht verwenden. Oder wie willst du erklären, wie du da ran gekommen bist?" „Wir müssen mit Hoock reden. Ich hoffe ihm fällt etwas ein. Vielleicht schuldet irgend ein Richter ihm noch einen Gefallen und er kann ´nen Durchsuchungsbefehl ausstellen." Finn zuckte mit den Schultern. „Ziemlich viele Vielleichts, wenn du mich fragst." murrte Elias. „Eine andere Wahl haben wir nicht. Also zurück zum Revier." Finn drehte sich in seinem Sitz herum und startete den Wagen.

19

„Ich geh allein rein" beschloss Finn, als sie vor Hoocks Büro standen. „Kommt gar nicht in Frage. Ich weiß wie das endet," Elias war fest entschlossen, als Puffer zwischen Finn und Hoock zu fungieren. Er wusste, dass sein Freund kein Blatt vor den Mund nehmen würde und schon gar nicht einsehen konnte, warum sie dieses Video zurück halten mussten. Finn nickte ihm dankbar zu und ging voran.

Hoock tobte und schäumte vor Wut. Finn schoss zurück, wo er nur konnte und Elias musste hilflos zusehen, wie sein Kumpel sich um Kopf und Kragen redete. Irgendwann stand er auf, hob die Hand und rief:"Es reicht jetzt! Alle beide! Können wir vielleicht mal einen Moment wie zivilisierte Leute miteinander reden?" Hoock starrte wütend zwischen ihm und Finn hin und her und Finn klappte den Mund wieder zu, als er Elias Blick auffing, der ihm sagte, das jedes weitere Wort eines zu viel sein konnte.

„Finn ist zu weit gegangen. Aber das bin ich auch. Wir haben den Typen, den Yela beschrieben hat auf Video, wie er einen Mord begeht. Das ist mehr, als die Kollegen bislang erreicht haben. Sicher, die Methoden sind fragwürdig, aber das kennen wir von Finn ja schon. Ich bitte sie, Captain. Helfen sie uns. Es muss doch eine Möglichkeit geben, wie wir das nutzen können." Elias setzte alles auf eine Karte. Entweder er und Finn würden jetzt gleich beurlaubt werden, oder ihr Chef zeigte sich einsichtig und half ihnen.

Man konnte es in Hoocks Kopf regelrecht arbeiten sehen. Als er sprach, bemühte er sich redlich, sachlich zu bleiben:" Es ist wirklich schwer, mit ihnen zu arbeiten, Detectiv Becket. Wenn sie sich nur einmal an die Regeln halten könnten, wäre ich ihnen wirklich sehr verbunden. Aber gut, ich werde sehen, was ich machen kann. Lassen sie dieses Video verschwinden. Ich beantrage noch mal einen Durchsuchungsbeschluss für den Hafen, der auf unseren Fall ausgelegt ist und dann werden wir dieses Band ganz offiziell finden. Aber ich schwöre ihnen, noch so eine Nummer, und sie können ihre Marke abgeben. Besonders, wenn sie noch einmal einen Kollegen zu einer Straftat auffordern." Finn wollte gerade etwas erwidern, als Elias ihm ins Wort fiel:" Danke, Captain. Genauso werden wir es machen. Und ich verspreche ihnen, dass ich Finn ab sofort im Auge behalten werde. Damit er keinen Blödsinn mehr macht." „Gut. Und jetzt raus hier. Wenn ich sie noch eine Minute länger sehen muss, dann überlege ich es mir vielleicht anders."

Damit zog Elias Finn aus dem Stuhl hoch und beeilte sich, ihn aus dem kleinen Büro zu bringen. Vor der Tür atmete er tief durch und sah Finn nur stumm an. „Was denn? Ist doch super gelaufen!" grinste dieser ihn an und ging gut gelaunt.

Elias sah ihm mit offenem Mund nach und zweifelte an Finn´s Verstand. Hatten sie gerade das gleiche

Gespräch mit angehört? Wollte er unbedingt seinen Job verlieren? Doch dann wurde Elias klar, dass das eben Finn´s Art war. Er konnte nicht aus seiner Haut. Und für ihn war nur das Endergebnis wichtig. Sie sollten ihren Durchsuchungsbeschluss bekommen und somit auch das Beweismaterial.

20

Ein paar Tage später, als Finn im Polizeirevier an
seinem Schreibtisch saß und sich mal wieder durch die
liegen gebliebenen Berichte quälte, ging eine SMS von
Marissa auf seinem Handy ein:

Wir müssen uns treffen.

Selbes Café!

Heute 15 Uhr

M.

Finn runzelte die Stirn. Was konnte Marissa von ihm
wollen? Er hatte eigentlich nicht damit gerechnet,
noch ein privates Treffen mit ihr überstehen zu
müssen, sonder eher auf eine Einladung gehofft. Er rief
Elias zu sich und wies ihn an, sich bereit zu halten.
Dann schnappte er sich das Handy und machte sich auf
den Weg zum Büro seines Captains.

Er zwinkerte Susi, Hoock´s Sekretärin kurz zu und
betrat wie gewohnt ohne anzuklopfen das Büro. „Kann
ich sie kurz mal sprechen?" sagte er statt einer
Begrüßung. „Finn, und wie immer ohne zu klopfen...
Klar doch, kommen sie bitte herein und nehmen sie

Platz," seufzte Hoock und klappte eine Akte zu, in der er gerade gelesen hatte.

„Also diese Sache mit den Menschenhändlern. Wie weit sind die Kollegen da mit der Identifizierung der Männer von den Phantombildern?" wollte Finn wissen, ohne auf den Kommentar seines Vorgesetzten einzugehen. „Das erweist sich als ziemlich zäh. Unsere Gesichtserkennung hat zwei der Männer gefunden. Ich hab ihnen die Akten hierzu bringen lassen. Der Rest scheint entweder noch nicht erfasst zu sein, oder ist zu dürftig beschrieben. Den Behörden in Rumänien geht es wohl ähnlich. Wir haben mit den Verhaftungen noch gewartet, weil sie mir ihren Abschlussbericht zu der Versteigerung noch nicht vorgelegt haben." tadelte ihn sein Captain. „Das ist gut. Ich möchte sie bitten, damit auch noch weiter zu warten. Ich glaube ich hab da noch was." Finn zog das Handy aus der Tasche und zeigte Hoock die SMS, die er gerade bekommen hatte. „Was hat das zu bedeuten?" „M. ist Marissa. Die Auktionatorin. Ich habe mich letzte Woche mit ihr in einem Café getroffen, um ihr noch mal ein wenig Druck zu machen, mich auf eine dieser Sexpartys einzuladen. Entweder hat sie angebissen, oder ich bin aufgeflogen. Jedenfalls will sie sich heute noch einmal mit mir treffen. Ich denke, wir könnten dadurch an den ganz großen Fisch heran kommen. Die wirklichen Hintermänner, verstehen sie?" Finn hatte sich in Rage geredet. Er war aufgeregt und irgendetwas sagte ihm, dass er auf der richtigen Spur war.

„Sie haben was getan?" Sein Captain hatte die ganz Zeit ruhig zugehört. Als Finn jedoch geendet hatte, konnte er sehen, wie die Ader auf seiner Stirn hervortrat, was nie ein gutes Zeichen war. Er war sauer. Stinksauer. „Sind sie nicht mehr ganz bei Trost? Ich habe ihnen schon so oft gesagt, sie sollen keine eigenmächtigen Entscheidungen treffen. Wenn sie so etwas vorhaben, weihen sie mich vorher gefälligst ein." „Tut mir wirklich leid, aber sie hätte das niemals genehmigt. Ich musste einfach handeln. Da steckt noch so viel mehr dahinter. Ich hab das im Gefühl." Finn wusste, er sollte lieber kleinlaut sein. Besonders nach der Aktion am Hafen. Doch das war ihm nicht möglich. „Finn, sie bringen sich in Gefahr, wenn sie in solchen Situationen alleine sind. Und ich bin dafür zuständig, meine Leute zu schützen. Sie können nicht selbst entscheiden, in welche Richtung sie weiter ermitteln. Das ist mein Job." Immer noch war die Ader auf Hoocks Stirn deutlich zu erkennen. Doch Finn konnte noch nicht locker lassen:" Ich war nicht allein. Elias war bei mir. Ich bin nicht leichtsinnig oder lebensmüde. Aber ich will an die Hintermänner ran. Bitte, Captain. Lassen sie mich weitermachen."

Es war eine ganze Weile gefährlich still in dem kleinen, dunklen Büro. Man hätte eine Stecknadel fallen hören können, während Captain Hoock nachdachte. Finn war klar, dass er jetzt keinen Mucks von sich geben durfte. Also wartete er bis sein Chef tief durchgeatmet hatte und dann so ruhig wie möglich sagte:" Gehen sie zu diesem Treffen. Nehmen sie Elias mit. Und Finn, bringen sie sich beide nicht in Gefahr. Sollte irgendetwas dort komisch sein, brechen sie ab. Hinterher werden sie mir Bericht erstatten. Erst dann werde ich entscheiden, wie und ob wir weiter an dem Fall arbeiten. Haben sie mich verstanden?"

Finn ballte die Hände zu Fäusten und nickte. Ein kleiner Sieg, aber wenigstens ein Sieg. Damit konnte er leben. Für´s erste jedenfalls. „Ich komme direkt nach dem Treffen mit Marissa hier her, versprochen. Sie werden es nicht bereuen." versprach er während er aufsprang und freudig das Büro verließ. Hoock sah ihm immer noch wütend und kopfschüttelnd hinterher.

„Wir haben das GO." rief er Elias freudestrahlend zu. „Ich muss nach Hause und mir ´nen Anzug anziehen. Holst du mich später ab?" Elias wusste nicht, wie sein Freund das nun wieder angestellt hatte, konnte sich aber ein Grinsen nicht verkneifen während er ihm zunickte. „Der Alte hat dich anscheinend echt gern, wenn du noch lebst, nachdem du gerade alles gebeichtet hast." stellte er fest. „Meinem Charme kann sich eben keiner entziehen." grinste Finn zurück, schnappte sich seinen Autoschlüssel und lief aus dem Revier, um sich zu Hause umzuziehen.

Elias holte ihn pünktlich an seiner Wohnung ab. Sie ließen die Autos stehen, und nahmen sich ein Taxi um wieder nach Manhattan zu dem Café zu fahren, wo sie sich mit Marissa treffen wollten. Finn konnte nur schwer still sitzen. Ihm war klar, dass er hier ein Risiko einging, hatte sich aber entschieden, dass es die Sache Wert war.

„Jetzt zappel doch nicht so rum. Du machst mich ganz verrückt." Elias war die Ruhe selbst. Seine Waffe steckte zwar im Holster unter dem Jackett doch schon seine Hände waren in den meisten Fällen Waffe genug.

„Tut mir leid. Ich bin nur ein bisschen nervös. Was kann sie denn wollen?" „Wie sagtest du vorhin so schön? Niemand kann sich deinem Charme entziehen? Vielleicht hat sie nur Sehnsucht..." witzelte Elias. „Klar, sie hat sicher nur auf mich gewartet um sich unsterblich zu verlieben. Und heute macht sie mir ´nen Antrag." Finn schüttelte den Kopf, ärgerte sich aber auch ein bisschen über sich selbst. Die sarkastischen Bemerkungen wenn er nervös war konnte er einfach nicht abstellen. Elias empfand das als wenigstens etwas Normalität und lächelte vor sich hin, würdigte Finn aber keines Kommentars.

Vor dem Café angekommen stieg Elias aus, öffnete Finn die Tür und war ganz der professionelle Bodyguard. Finn atmete noch einmal tief durch und ging dann schwungvoll auf das Café zu.

Drinnen sah er sich suchend um, fand Marissa aber schnell in einer ruhigen Ecke sitzen. Offenbar hatte sie etwas zu besprechen, was privat bleiben sollte. „Ich kann keinen ihrer Bodyguards sehen. Du?" murmelte Finn Elias zu. „Nein. Aber das heißt ja nicht, dass sie nicht da sind. Ich bin in der Nähe und behalte dich im

Auge." Elias hatte schon beim Reinkommen das komplette Café mit den Augen gescannt. Jetzt nahm er an einem Tisch Platz, von dem aus er Marissa´s Tisch gut im Blick hatte und nickte Finn zu. Dieser schlenderte so lässig er konnte zu der wunderschönen Frau im Business-Kostüm hinüber und lies sich elegant auf eine Stuhl ihr gegenüber nieder. „Es freut mich sehr sie wiederzusehen, Marissa." begrüßte er sie und zwinkerte ihr lächelnd zu. „Die Freude ist ganz auf meiner Seite, mein lieber Finn." Etwas in Marissa´s Art und Weise war anders. Finn´s empfindliche Antennen registrierten das sofort. Er beschloss abzuwarten. Sollte sie den ersten Zug machen.

„Ich muss gestehen, dass ich etwas verwirrt war, dass sie sich noch einmal hier mit mir treffen wollten. Ich musste einige Termine umlegen, um dies möglich zu machen. Also, was kann ich für sie tun?" versuchte er ihr zu entlocken, warum er hier war. „Kann ich ganz offen mit ihnen reden?" fragte Marissa. „Sicher. Offenbar sind wir ja ganz unter uns." „Da meine Leute nichts über sie heraus gefunden haben, als sie recherchierten habe ich mal einige meiner privaten Kontakte bemüht. Doch auch die fanden erst einmal nichts." Finn wurde mulmig zu Mute. Er rutschte auf seinem Stuhl hin und her und versuchte angestrengt, sich nicht zu Elias umzudrehen. Marissa musste das aufgefallen sein, denn sie musterte ihn ein wenig zu lange. „Finn, sie sind ein Cop. Ein guter, das muss ich ihnen lassen. Es war wirklich nicht leicht, diese Information heraus zu bekommen. Aber dennoch ein

Cop." schoss sie auf ihn ab. Finn durfte sich jetzt auf keinen Fall etwas anmerken lassen. Er sah ihr tief in die schönen braunen Augen und musste dann lachen. „Sie haben aber eine Menge Fantasie. Ich denke, sie sollten ihre Quellen nochmal überprüfen." „Sie müssen mir nichts mehr vorspielen. Meine Quellen sind absolut zuverlässig. Es handelt sich um Interna des FBI." Nun blieb Finn tatsächlich einen Moment der Mund offen stehen. Wie konnte das sein? Wer war diese Frau?

„Ihr Geheimnis ist bei mir sicher. Ich möchte sie lediglich bitten, dass sie sich aus dieser Ermittlung zurück ziehen. Überlassen sie das den großen Jungs." Sie lächelte immer noch, als würden sie gerade über das Wetter plaudern. Finn war sichtlich verwirrt, konnte das aber nicht auf sich beruhen lassen. Er beugte sich über den Tisch zu ihr hinüber und flüsterte beinahe:" Wer, verdammt nochmal, sind sie?"

„Ich bin Special-Agent Marissa Moreau vom Bureau. Und ich ermittle schon seit gut einem Jahr in diesem Metier und habe mich von fast ganz unten hochgearbeitet. Sie sind nur ein kleiner Undercover-Cop, der hiermit aufgeflogen ist. Also halten sie sich aus meinem Fall raus und lassen sie mich meinen Job machen. Sonst lasse ich sie hoch gehen." Auch Marissa flüsterte fast, lächelte ihn aber immer noch an, so dass es für einen Außenstehenden wirken musste, als wären sie ein Paar. „Vergessen sie es. Ich bin in den paar Wochen weiter gekommen, als sie in einem Jahr. Ich habe eine Zeugin, die bereit ist auszusagen. Und ich werde auf eine dieser Partys kommen und mir die Hintermänner der ganzen Geschichte schnappen, bevor sie überhaupt merken, was passiert ist. Und sie können verdammt nochmal froh sein, wenn ich sie nicht hochgehen lasse." Etwas in Marissas Augen verriet ihm, dass er zu viel gesagt hatte. `Die Zeugin, du Idiot. Du hättest Yela nicht erwähnen dürfen.` Sie hatte gepokert und ziemlich gut geblufft. Finn lehnte sich zurück und nickte Marissa zu, die ihn mit einem breiten Lächeln still ansah.

„Ok, sie wollen die Zeugin. Ich will weitermachen. Wie kommen wir zusammen?" Finn wusste er musste einen Kompromiss eingehen, auch wenn ihm das ganz und gar nicht passte. „Ich will nicht nur die Zeugin. Ich will alles. Ihre Ermittlungsergebnisse, die Aussage und natürlich das Mädchen. Im Gegenzug dafür biete ich ihnen einen Platz in meinem Team an. Nur das eins von vorne herein klar ist. Ich habe das Sagen. Sie sprechen alle Aktionen vorher mit mir ab. So und nicht anders wird es laufen. Sonst muss ich mich an ihren Vorgesetzten wenden, und dieser wird sie von dem Fall abziehen." Marissa´s Karten lagen auf dem Tisch. Finn knirschte mit den Zähnen und ärgerte sich, dass er in die Ecke getrieben war. Das hatte er wirklich nicht kommen sehen. Entweder er willigte ein, oder er war raus. So einfach war das.

Er dachte noch kurz darüber nach, ob er eine Wahl hatte, nickte dann aber und bat Marissa um ihre E-Mail-Adresse. „Geht doch," lächelte sie zufrieden. „Ich kann mich wahrscheinlich morgen Abend frei machen. Ich komme zu ihnen in die Dienststelle. Da können wir ungestört reden." Finn fühlte sich wie ein Schoßhündchen, dem Kommandos gegeben wurden. Aber er wusste, er würde fast alles tun, um an dieser Ermittlung dran zu bleiben. So fügte er sich vorerst in sein Schicksal, nahm Marissa´s Hand für einen angedeuteten Handkuss und verabschiedete sich.

Wütend stapfte er aus dem Café ohne auf Elias zu warten. Dieser lief hinter ihm her die Straße hinunter und rief:" Bleib doch endlich mal stehen, verdammt. Was ist denn da gerade passiert? Klär mich mal auf." „Ich wurde gefickt, dass ist da gerade passiert. Marissa ist FBI-Agentin. Sie ist schon lange an dem Fall dran und wir sind wie die aufgescheuchten Hühner in ihre Ermittlung gestolpert. Verfickte Scheiße!" schrie Finn wütend Elias an. „Wow, jetzt beruhige dich erst mal. Halb New York hat dich gehört. Lass uns ins Revier fahren und überlegen, wie es weiter geht." versuchte Elias seinen Freund runter zu holen. „Ich kann dir sagen, wie es weitergeht. Ich bleibe als Marissa´s Schoßhündchen in der Ermittlung und tue brav was sie sagt. Sonst flieg ich nämlich raus und hab den Scheiß mit den 60.000 Dollar auch noch an der Backe. Und das ohne einen abgeschlossenen Fall, für den es sich gelohnt hat soviel Steuergelder raus zu schmeißen. Fuck!" Finn wollte sich nicht beruhigen. Er war sauer. Und er hatte Lust auf irgendetwas einzuschlagen. Mit voller Wucht trat er gegen einen Mülleimer, der ihm im Weg stand und scheppernd über den halben

Gehweg flog. Einige Passanten drehten sich zu ihm um und schüttelten missbilligend die Köpfe. Elias packte ihn an den Schultern und drehte ihn zu sich herum. „Schluss jetzt damit. Los, steig in das Taxi." sagte er ernst und schob Finn auf ein wartendes Taxi zu. Den Mann, der gerade die Tür öffnen und einsteigen wollte sah er mit einem so finsteren Blick an, dass dieser ihnen gern den Vortritt ließ. Er nannte dem Fahrer die Adresse des Reviers und lehnte sich in seinem Sitz zurück und sah aus dem Fenster. Finn war schon klar, dass er sich wie ein Irrer aufgeführt hatte. Mit Mühe unterdrückte er die Wut auf Marissa und starrte ebenfalls stumm aus dem Fenster. Immer noch schweigend und immer noch stinksauer betrat Finn gefolgt von Elias das Polizeirevier.

Man sah ihm wohl an, dass man ihm besser nicht im Weg herum stehen sollte, denn jeder Kollege, der ihm entgegen kam machte fast automatisch einen Schritt zur Seite, um die beiden durch zu lassen. Finn knallte im Vorbeigehen seine Marke auf seinen Schreibtisch und warf sein Jackett auf den Stuhl, dann stürmte er direkt in Hoock´s Büro. „Warum, verdammt nochmal wissen wir nicht, dass das FBI schon an der Sache dran ist?" verlangte er mit zusammen gebissenen Zähnen zu wissen. Hoock sah ihn kurz verständnislos an und antwortete dann:"Setzen sie sich erst mal." Er verzichtete bewusst darauf, Finn wegen seines vergessenen Klopfens zu tadeln. „Ich will mich nicht setzen. Und ich will mich auch nicht beruhigen," schrie er mit einem vernichtenden Blick auf Elias, der nur abwehrend die Hände hob. „Was ist das für eine verfluchte Scheiße die da läuft? Marissa hat mich wie einen Schuljungen dastehen lassen. Sie hätte auch gar nicht mir mir reden müssen, und hätte mich gleich denn Haien zum Fraß vorwerfen können. Also warum, verdammt nochmal steckt das FBI in einer Sache, die in unseren Zuständigkeitsbereich fällt?" „Das werde ich sicher heraus finden, wenn sie mir einen Moment Zeit geben. Und mir vor allem mal ohne diese ganzen Kraftausdrücke erklären, was bei diesem Treffen vorgefallen ist." Hoock sprach in ruhigem Ton mit ihm.

Finn starrte seinen Vorgesetzten mit funkelnden Augen an. Dann atmete er tief durch und erklärte in genauso bemüht ruhigem Ton, was Marissa ihm gerade im Café gesagt hatte. Als er geendet hatte herrschte kurz Stille im Raum. Jeder von ihnen wusste, dass Marissa alle Karten in der Hand hielt.

„Ich hänge mich mal ans Telefon und spreche mit dem FBI. Geben sie mir eine halbe Stunde." brach Hoock schließlich das Schweigen. Finn und Elias verließen das Büro des Captain. Finn's Wut hatte sich ein wenig gelegt. Erschöpft ließ er sich auf seinen Schreibtischstuhl fallen und fuhr sich mit beiden Händen durch das zerzauste, braune Haar.

„Was hast du jetzt vor?" fragte Elias vorsichtig, der neben seinem Tisch stand und offensichtlich noch nicht bereit war, Finn aus den Augen zu lassen. „Was für eine Wahl hab ich denn?" seufzte Finn. „Wenn Hoock mich lässt, mach ich weiter. Mit der

zauberhaften Marissa Moreau als leitender Beamtin."
„Wenn du mich fragst, ist das auch das Beste, was du
machen kannst. Du wirst sie schon von dir überzeugen.
Niemand kann deinem Charme widerstehen, oder?"
Elias versuchte ihn aufzuheitern, das war Finn klar. Er
verzog das Gesicht zu Etwas, was ein Lächeln sein
sollte, merkte aber schnell selbst, dass das nichts
wurde und lies es sein. „Bist du dabei? Hältst du mir
weiter den Rücken frei?" fragend schaute er Elias in
die Augen. „Hey, du bist wie ein Bruder für mich.
Logisch bin ich dabei. Irgendjemand muss doch dafür
sorgen, dass du keinen Blödsinn machst." grinste Elias
ihn nun an. Dankbar klopfte Finn seinem Freund auf
die Schulter und sah zum Büro des Captain hinüber, als
könne er so beschleunigen, was auch immer darin
gerade vorging.

Etwas später steckte Captain Hoock seinen Kopf aus
der Tür und rief:" Becket, Brennan, Kommen sie in
mein Büro." „Ich habe mit dem Vorgesetzten von
Marissa Moreau gesprochen. Sie hat ihnen die
Wahrheit erzählt. Tatsächlich ist sie schon seit einem
Jahr in der Szene unterwegs. Warum das nicht
kommuniziert wurde, als wir uns für den Fall
interessierten konnte mir der leitende Agent auch
nicht erklären. Offenbar ein Kommunikationsproblem,
sie kennen das ja. Er hat bestätigt, dass Miss Moreau
berechtigt ist, sie in die Ermittlungen einzubeziehen,
wenn sie es für sinnvoll hält. Und er hat auf der
Herausgabe sämtlicher bislang gesammelten
Beweismittel bestanden, was ja vorher auch schon klar

war. Ich habe sie ihm zugesagt. Das beinhaltet auch den Aufenthaltsort von ihrer Zeugin."

„Na großartig," kommentierte Finn schlicht. „Und jetzt?" „Ich würde sagen, wir unterhalten uns morgen Abend mit dieser Marissa und schauen, wie wir weiter zusammen an dem Fall arbeiten können. Wenn sie noch Interesse haben?" „Klar hab ich das. Allerdings nur, wenn Elias weiter dabei bleibt. Ich brauche ihn. Das ist nicht verhandelbar." Finn hatte seinen Standpunkt klar gemacht. Er erhob sich von seinem Platz und verabschiedete sich auf dem Weg aus dem Büro mit den Worten:" Und jetzt werde ich mir die Kante geben, nach Hause gehen und mir den Tag morgen frei nehmen. Gott, ich hab so die Schnauze voll von dieser Scheiße."

Elias grinste, erhob sich ebenfalls und rief seinem Freund hinterher:"Warte auf mich."

21

„Diese ganze Warterei bei diesem Einsatz macht mich wahnsinnig. Und diese Marissa wird uns beide noch ficken, das sag ich dir Kumpel," Finn lallte schon etwas, denn er hatte gemeinsam mit Elias in ihrer Lieblingsbar schon diverse Drinks herunter gekippt. Der Einsatz lies ihm trotzdem keine Ruhe. Elias kannte das schon. Sein Freund konnte nur schlecht abschalten. Wenn er sich einmal festgebissen hatte, lies er erst wieder locker, wenn er den Fall gelöst hatte.

Selig lächelnd antwortete er deshalb:" Das wird deiner Freundin aber ganz und gar nicht gefallen. Ein flotter Dreier mit Marissa und mir?" Finn musste einfach laut loslachen. Elias schaffte es wie kein anderer, ihm die Worte im Mund herum zu drehen, um ihn damit zum Lachen zu bringen. „ Tut mir echt leid Kumpel, aber du bist echt nicht mein Typ." brachte er kurz darauf atemlos hervor. „Aber ich geb´ dir trotzdem noch einen aus." Er winkte dem Barkeeper zu und dieser schenkte ihnen großzügig Tequila nach.

Nachdem sie die Gläser in einem Zug geleert hatten sah Elias Finn ernst an:" Hör mal Becks, ich denke, diese Marissa könnte eine echte Chance für dich sein. Du bist einer der besten Ermittler in ganz New York. Wenn du ihr zeigst, was du drauf hast, bringt sie dich vielleicht beim FBI unter." „Wer sagt denn, dass ich in diesen Scheißverein eintreten will? Ich bin völlig zufrieden damit, wo ich bin. Und ohne dich geh´ ich eh nirgends hin." Finn schüttelte so vehement den Kopf, dass er fast von seinem Barhocker gefallen wäre. Anscheinend hatte er schon mehr als genug getrunken. Trotzdem orderte er zwei weitere Tequila und zwei Bier für Elias und sich.

„Das hast du nett gesagt. Aber du weißt schon, dass du es drauf hättest, oder? Nutz´ wenigstens ihre Position um in diesem Fall so zu ermitteln, wie Hoock es dir niemals erlauben würde. Ohne diese ganzen Vorschriften, die uns einschränken, haben wir ´ne echte Chance, alle Hintermänner der Organisation zu verhaften." Elias lies nicht locker. „Was willst du mir damit sagen? Soll ich mich durch diese Party vögeln, damit ich nicht auffliege? Das kannst du mal voll vergessen. Wir werden diese Verbrecher kriegen. Aber nicht um jeden Preis. Vertrau mir."

Elias nickte, denn das tat er. Er vertraute Finn. Seit sie gemeinsam zum Detectiv ausgebildet worden waren, waren die beiden die besten Freunde. Finn hatte ein echtes Problem mit Autoritäten gehabt, und wäre beinah aus der Ausbildung geflogen. Doch Elias hatte ihm stets zur Seite gestanden und die Wogen für ihn geglättet. Dafür hatte Finn sich mehr als einmal revanchiert. Elias konnte kaum noch zählen, wie oft er ihm nicht nur in der Ausbildung den Arsch gerettet hatte. Sie waren nicht nur Partner. Auch privat unternahmen sie oft etwas gemeinsam. Finn war sogar der Patenonkel von Elias kleinem Sohn Luis. Auch wenn Finn sich nicht vorstellen konnte, irgendwann einmal selber Kinder zu haben, konnte er doch gut mit ihnen und Luis liebte ihn abgöttisch. Kein Wunder, er machte ja auch jeden Blödsinn mit, der dem Kleinen einfiel, dachte Elias.

„Ok, komm schon. Es wird Zeit dich nach Hause zu bringen." beschloss er und forderte Finn auf, sich von seinem Stuhl zu erheben. Dieser nickte und sprang von seinem Barhocker, wobei er ein wenig strauchelte und sich ein Kichern nicht verkneifen konnte. Elias hakte ihn unter und schleppte ihn aus der Bar, um ihn in ein Taxi nach Hause zu verfrachten.

Als Finn an die frische Nachtluft kam war ihm, als hätte ihn ein Vorschlaghammer getroffen. Plötzlich war er nicht mehr nur leicht angetrunken, er war vollständig besoffen. Da er kaum einen Schritt vor den anderen setzen konnte beschloss Elias, mit ihm gemeinsam zu fahren, und Finn den Weg zu seiner Wohnung zu zeigen. Er würde ihn definitiv nicht mehr alleine finden.

Als sie vor Finns Adresse ausstiegen, wühlte Elias in Finn´s Taschen, um seinen Schlüssel zu finden. Er wurde in der inneren Jackentasche fündig und brachte seinen Freund, der kichernd und lallend in seinem Arm hing nach oben. Vor der Wohnungstür wurde Finn wieder ernst:" Du bist mein allerbester Freund auf der ganzen Welt!" stellte er fest, während er Elias Gesicht in beiden Händen hielt.

„Bist du sicher, dass ich nicht dein Typ bin?" grinste Elias ihn an, als die Tür hinter ihnen geöffnet wurde. Allie stand im Türrahmen und sah stirnrunzelnd von einem zum anderen. „Störe ich? Wollt ihr lieber allein sein?" witzelte sie. „Da ist sie ja. Die Liebe meines Lebens..." Finn schnappte sich Allie so schnell, dass sie kaum eine Chance zum Reagieren hatte, wirbelte sie herum und küsste sie leidenschaftlich. Sie war immer wieder verwundert, wie reaktionsschnell er selbst dann noch war, wenn er etwas getrunken hatte.

„Wow, muss ein echter Scheißtag gewesen sein. Du stinkst wie ´ne ganze Kneipe." stellte Allie fest, als Finn von ihr abließ. „Tut mir leid Allie," entschuldigte sich Elias. „Eher hab ich ihn nicht da weg gekriegt." „Ist schon gut. Danke, dass du ihn nach Hause gebracht hast. Ich steck ihn jetzt wohl besser ins Bett." Allie konnte sich ein Lachen nicht verkneifen, als sie hinter sich einen kurzen Fluch vernahm, nachdem Finn sich das Knie am Wohnzimmertisch gestoßen hatte, bei dem Versuch, sich auf das Sofa fallen zu lassen. „Hab ich gern gemacht. Sag ihm er schuldet mir 20 Dollar. Er hat vergessen den Tequila zu bezahlen." grinsend warf Elias Allie die Haustürschlüssel zu und ging.

Der wird Morgen einen solchen Kater haben, dass er seinen eigenen Namen nicht mehr kennt, dachte er bei sich und machte sich auf den Weg nach Hause zu seiner Frau und seinem Sohn.

22

Der nächste Morgen verlief für Finn genau so, wie Elias es prophezeit hatte. Er versuchte wirklich, die Augen zu öffnen, doch das Tageslicht, das durch die Vorhänge in sein Schlafzimmer fiel, stach ihm glühende Pfeile direkt in sein Gehirn. Stöhnend drehte er sich mit geschlossenen Augen vom Fenster weg und hätte sich beinahe übergeben, weil ihm schwindelig wurde, als sich das ganze Bett unter ihm drehte. Er hörte, wie leise die Tür aufging, roch den starken Kaffee, den Allie ihm herein brachte und beschloss es noch einmal zu versuchen. Durch schmal geöffnete Augen blinzelte er Allie an und versuchte entschuldigend zu lächeln. „Tut mir wirklich leid." brachte er mühsam heraus.

Allie lächelte ihn mitfühlend an und reichte ihm den Kaffeebecher. „Ist schon gut. Anscheinend musstest du mal Dampf ablassen. Ich hab dir Aspirin zum Frühstück mitgebracht. Ist das okay?" Finn nickte und musste eine neue Welle der Übelkeit im Zaum halten. Die schnelle Bewegung war noch nichts für seinen Kopf. „Läuft es denn gerade so schlecht?" fragte Allie. „Könnte kaum schlechter sein. Das FBI hat sich in meinen Fall gedrängt." grummelte Finn, dem schlagartig wieder der Grund einfiel, aus dem er sich am Abend zuvor bis zur Besinnungslosigkeit betrunken hatte. „Das heißt, du bist raus? Das lässt du dir doch sicher nicht einfach so gefallen?" Allie kannte Finn mittlerweile gut genug um zu wissen, dass er nicht so einfach aufgeben würde.

„Niemals. Allerdings bleibt mir wohl nichts anderes übrig, als mit denen zusammen zu arbeiten." Finn merkte, wie die Wut wieder in ihm hochzukochen begann, deswegen wechselte er das Thema. „Wie läuft es bei dir? Dieser Oberarzt, lässt er dich mittlerweile in Ruhe?" „Nein, alles beim Alten. Aber bald bin ich damit fertig und kann mich ganz meiner Spezialisierung zur Kinderärztin widmen. Nur noch ein paar Monate durchhalten." Sie zwinkerte ihm vergnügt zu und strich ihm sanft über den zerzausten Kopf. „Ich wünschte manchmal, ich hätte deinen Optimismus." seufzte Finn und gab ihr einen Kuss auf die Nasenspitze. „Und jetzt geh ich duschen. Sonst komm ich heute gar nicht mehr durch." Leicht schwankend verschwand Finn im Bad.

Allie hatte ein deftiges Katerfrühstück aufgefahren, als Finn wieder herauskam. Erst jetzt bemerkte er, was er für einen Hunger hatte und sie aßen gemeinsam und sprachen über alles Mögliche, nur nicht über ihre Arbeit.

Nach dem Frühstück fühlte Finn sich wieder einigermaßen wie ein Mensch. Er beschloss sich für eine Stunde an seinen Laptop zu setzen, um einige Dinge zu recherchieren. Auch Allie schnappte sich ihre Lehrbücher und kuschelte sich zu ihm auf das Sofa um zu lesen. Sie hatten nicht oft die Gelegenheit, so entspannt beieinander zu sitzen. Und nachdem Finn herausgefunden hatte, was er wollte, klappte er den

Laptop zu und beobachtete Allie beim Lernen. Er merkte, wie viel Kraft ihm die kurze Auszeit mit ihr brachte. Sie ließ ihn ruhiger werden, mehr wie er selbst, als wie eine seiner vielen falschen Identitäten.

Als Allie bemerkte, dass er sie beobachtete, schlug sie ihr Buch zu und sah ihm in die dunklen Augen. „Weißt du eigentlich, wie sehr ich dich liebe?" fragte Finn sie, während er ihr sanft eine Haarsträhne aus dem Gesicht strich. „Nein, ich denke nicht." antwortete Allie frech und grinste ihn an. „Ich meine es ernst. Du bist mein perfektes Gegenstück. Du bringst mich zum Lachen, und manchmal treibst du mich in den Wahnsinn. Aber immer bist du so positiv und liebevoll. Ich möchte mit dir alt werden." Finn war ganz ernst geworden. So kannte Allie ihn gar nicht. Sie schaute ihn mit ihren großen, grünen Augen an und wartete darauf, dass er weitersprach. „Allie Suarez. Ich liebe dich. Du machst meine Welt perfekt. Du machst mich zu einem besseren Menschen. Ich will mein Leben nur mit dir verbringen. Willst du mich heiraten?" Finn flüsterte beinah, hatte feuchte Augen und wirkte wahnsinnig nervös. Wie er es angestellt hatte, eine kleine, schwarze Schachtel mit einem wunderschönen, silbernen Ring hervor zu zaubern, wusste Allie nicht. Doch als sie ihn ansah, wusste sie eines sicher. Das war der Mann, mit dem auch sie alt werden wollte. „Ja," hauchte sie überwältigt. „Ja, Finn. Ich will dich heiraten." Die Tränen liefen über ihre Wangen und Finn schaute sie besorgt an, als er ihr den Ring an die Finger steckte.

„Das sind Freudentränen, oder?" fragte er. „Ja, keine Sorge. Ich liebe dich!" Allie schlang die Arme um seinen Hals und zog ihn zu einem langen, atemberaubenden Kuss heran.

Überglücklich und erleichtert löste sich Finn kurz darauf aus ihrer Umarmung. Er strahlte sie an und wusste, dass dies eben wahrscheinlich die beste Entscheidung seines Lebens gewesen war. Mit einem Mal ergab alles einen Sinn. Und selbst der Ärger im Job rückte ganz weit in den Hintergrund. Ja, er war genau dort, wo er sein wollte. Hatte er das nicht gestern Nacht noch zu Eli gesagt? In diesem Moment war er sich mehr als 100% sicher, dass das auch stimmte.

23

Gegen Abend, als Finn sich auf den Weg zum Revier machte, hatte es wieder zu schneien begonnen. Dicke Flocken wirbelten durch die Straßen, und der Räumdienst steckte offenbar noch im Verkehr fest. In den Häuserschluchten von New York türmte sich alter Schneematsch auf, der von den neu fallenden Flocken wieder weiß gefärbt wurde. Es war saukalt und Finn zog den Kragen seiner Jacke weiter hoch.

Er beschloss, die U-Bahn zu nehmen. Mit dem Auto würde er heute ewig brauchen. Auch der Restalkoholgehalt in seinem Blut machte ihm Sorgen. In seine dicke, dunkelblaue Winterjacke gehüllt und mit Schal und Mütze vermummt, lief er die Straße zur nächsten U-Bahnstation entlang. Dabei ging ihm der Nachmittag mit Allie nicht aus dem Kopf. Sein Leben hatte sich in dem letzten Jahr vollständig verändert. Nein, es war besser geworden, dachte er. Allie machte es besser. Sie hatte ihm eine neue Welt gezeigt. Eine Welt, in der er sich schon jetzt so sehr zu Hause fühlte. Das erste mal in seinem Leben war Finneas Becket wirklich glücklich.

Dabei fiel ihm ein, dass er sich unbedingt bei seinem Kontakt im Gefängnis nach Allie´s Vater erkundigen musste. Rodrigo Suarez würde ihn umbringen lassen, wenn er heraus bekam, dass er mit seiner Tochter zusammen war. Verlobt, schoss es Finn durch den Kopf, und er musste grinsen.

Die U-Bahn war überfüllt und stickig warm. Zum Glück musste Finn nicht allzu weit mitfahren. Die kalte Abendluft, die ihm entgegenschlug als er die Station in der Nähe des Polizeireviers verließ war fast schon eine Wohltat. Im Revier angekommen schüttelte er sich den Schnee von der Jacke und legte Mütze und Schal unachtsam auf seinen Schreibtischstuhl. Die Tür zu Hoocks Büro war geschlossen, was selten vorkam. Elias war nirgends zu finden und so beschloss Finn, dass er nachsehen sollte, wen der Captain da gerade so Wichtiges empfing. Sein Gefühl sagte ihm, dass es Marissa Moreau sein musste. Susi versuchte noch, Finn aufzuhalten, doch dieser öffnete wie gewohnt und als wäre es das Normalste auf der Welt die Tür zum Büro seines Chefs und trat ein.

Zwei Köpfe drehten sich sofort zum ihm herum, sein Captain starrte ihn wütend hinter seinem Schreibtisch sitzend an. Marissa und Elias waren schon da. Eli wirkte erleichtert ihn zu sehen, Marissa lies sich nicht anmerken, was in ihr Vorging. Ganz der Profi, dachte Finn. „Himmel Herrgott nochmal! Anklopfen, Detectiv Becket." blaffte Hoock ihn an. „Entschuldigen sie die Verspätung. Die Straßen sind die Hölle," grüßte Finn fröhlich in die Runde und lies sich lässig auf einen freien Stuhl fallen. Er ignorierte gekonnt den wütenden Gesichtsausdruck seines Captains und lächelte Marissa freundlich zu. „Ich bin hocherfreut sie wieder zu sehen, meine Liebe." Die Ironie in seiner Stimme war Marissa nicht entgangen. „Lassen sie den Mist. Ich bin hier um Klartext zu reden. Ihr Geschwafel können sie sich für den Einsatz aufheben." konterte sie. „Prima. Reden wir Klartext. Das ist mein Fall. Ich werde auf jeden Fall mitmischen, ob sie das nun wollen oder nicht. Und ich werde die Hintermänner dieser ganzen Organisation ins Gefängnis bringen. Mit oder ohne sie. Ist mir egal." Finn hatte seinen Standpunkt klar gemacht und funkelte Marissa herausfordernd an. Elias legte ihn beruhigend eine Hand auf die Schulter und murmelte ihm zu:" Jetzt beruhig´ dich mal. Sie will ja mit uns zusammen arbeiten. Sonst wäre sie nicht hier."

„Richtig." Marissa lächelte Elias dankbar zu. „Meine Vorgesetzten haben mich autorisiert, sie in alle Ergebnisse, die ich bislang habe, einzuweihen. Und sehen sie es doch mal so, wenn wir zusammen arbeiten, steht ihnen mehr Equipment und der nötige Geldbetrag zur Verfügung, um sich in solchen Kreisen gefahrlos zu bewegen. Wie ich hörte, geben sie ja gern etwas mehr Geld aus, als sie sollten." Finn musste diesen Schlag einstecken, ohne darauf kontern zu können, denn Hoock unterbrach ihr Geplänkel. „Ich finde den Vorschlag, den Miss Moreau uns gemacht hat sehr gut. Vielleicht sollten sie ihn sich mal anhören, bevor sie sie angreifen." Das war keine Bitte, und das war Finn klar. Er lehnte sich in seinem Stuhl zurück und bemühte sich, möglichst gleichgültig zu wirken. Nach einem tiefen Atemzug nickte er Marissa zu, damit sie erklären konnte, was sie vorhatte.

„Danke, Captain Hoock. Ich finde die Idee, jemanden zur Unterstützung in den Reihen der Kunden zu haben tatsächlich sehr reizvoll. Denn ich meine, wir sollten uns nicht nur auf den Händler, sondern auch auf die Konsumenten konzentrieren. Auch die begehen allesamt Straftaten. Ich sage nur: Angebot und Nachfrage! Ich bin in meinen Ermittlungen schon ziemlich weit, was die Händler angeht. Mir fehlen da nur noch ein paar Strukturen, aber wie ich hörte, kann uns ihre Zeugin da behilflich sein. Ich dachte, sie beide könnten sich in den Kreis der Kunden mischen, und dort Beweise sammeln, damit wir sie bei einer Großrazzia gleich alle mit verhaften können."

Finn sah von Elias zu Hoock und wieder zurück. In seinem Kopf arbeitete es auf Hochtouren. Das war nicht das Ergebnis, was er sich gewünscht hatte, aber er musste zugeben, dass Marissa recht hatte. Das würde eine Verhaftung werden, wie New York sie noch nicht gesehen hatte.

„Unter einer Bedingung." sagte Finn schließlich in die Stille hinein. „Ich glaube, sie sind nicht in der Position Bedingungen zu stellen. Entweder sie sind dabei, und dann zu meinen Bedingungen, oder sie lassen es. Mir ist beides recht." versuchte Marissa ihn ruhig zu stellen. Sie war eine knallharte Verhandlungspartnerin, was Finn Respekt abnötigte. „Vielleicht hören sie mir nun erst mal zu, bevor sie gleich ablehnen. Ich will, dass wir so viele Mädchen wie möglich befreien und zurück nach Hause bringen. Das sind sie ihnen ja wohl schuldig." Finn konnte an einem kurzen, gequälten Schatten, der über Marissas Gesicht huschte sehen, dass er sie damit getroffen hatte. Er hatte an das 10-jährige Mädchen auf der Versteigerung gedacht. Sie auch, so hoffte er, als er sie mit stahlhartem Blick direkt ansah.

„Sie benehmen sich wie ein rotzfreches Gör, dem man seinen Willen nicht lassen will. Bekommen sie das in den Griff. Sonst kann ich sie unmöglich zur Party am Freitag einladen." schoss Marissa zurück. Was auch immer Finn da gerade zu sehen geglaubt hatte, war verschwunden. Einen Moment sahen sie sich gegenseitig wütend in die Augen. Dann lächelte Finn Marissa an, nahm ihre Hand zu einem angedeuteten Handkuss und säuselte:"Ich freue mich schon, sie sehr bald wieder zu sehen, meine liebe Marissa."

Sie stutzte einen Moment. Wie konnte dieser Schnösel nur so schnell von Rotzgöre auf eleganter Gentleman umschalten? Er war tatsächlich besser als sie gedacht hatte. Auch wenn er in seinen zerrissenen Jeans und dem alten, grauen New York Jets Sweatshirt so gar nicht wie einer der oberen Zehntausend aussah, hatte dieser Finn etwas, was sie ansprach. Sie beschloss, sich geschlagen zu geben. „In Ordnung. Ich weiß ungefähr, wo die meisten der Mädchen während der Party sein werden. Wenn sie ihren Job erledigt haben, und genug Beweise gesammelt haben, dann können sie sie befreien. Ist ja auch in meinem Sinn. Aber ich warne sie, Becket. Versauen sie mir diesen Fall und ich mache sie fertig."

Ohne einen weiteren Kommentar erhob sich Finn und verließ das Büro. Er stürmte wütend zu seinem Schreibtisch, wo Elias ihn einholte. „Mensch Becks, das war doch gar kein so schlechter Vorschlag. Gib ihr ´ne Chance." versuchte er auf Finn einzureden. Dieser funkelte seinen Freund nur kurz wütend an, schnappte sich dann seine Jacke, Mütze und Schal und war so schnell aus dem Revier raus, wie er vorhin drin gewesen war.

Er zog sich aus dem Zigarettenautomaten im Eingang ein Päckchen Lucky Strike und zündete sich auf den Stufen des Reviers eine Zigarette an. Seine Gedanken wirbelten wild in seinem Kopf durcheinander. Hatte er erreicht was er wollte? Wollte er eigentlich noch dabei sein, wenn er sich von dieser Marissa herum kommandieren lassen musste? Was war mit Elias? Auf welcher Seite stand sein Freund eigentlich?

Als er die fertig gerauchte Zigarette im Schnee austrat, war Finn sich sicher. Er würde den Fall bis zum Ende mitgehen. Und wenn es nur dazu gut war, diese Mädchen zu ihren Familien zurück zu bringen. Das hatte oberste Priorität, egal was Marissa Moreau sagte.

Da er sich soweit beruhigt hatte, wie es ihm im Moment möglich war, und er trotz der dicken Jacke fürchterlich fror ging er wieder hinein und setzte sich an seinen Schreibtisch, um für sich einen Plan auszuarbeiten, der seine Ziele in den Vordergrund stellte. Beizeiten würde er Elias einweihen. Aber das konnte noch warten. Finn wusste, er tat seinem Freund unrecht, wenn er dachte, dass dieser nicht immer hinter ihm stehen würde. Er würde das Theater mitspielen, bis es soweit war, und er die Mädchen befreien konnte.

Marissa war vor Stunden mit hoch erhobenem Haupt an ihm vorbei gegangen und hatte das Polizeirevier verlassen. Finn hatte sie kaum eines Blickes gewürdigt. Jetzt, kurz vor Mitternacht, brannten ihm die Augen und sein Kopf lies ein leichtes Pochen vernehmen, das baldige Kopfschmerzen ankündigte. Finn hatte bis tief in die Nacht an seinem Schlachtplan getüftelt, Dinge verworfen und neu zusammengesetzt. Jetzt war er einigermaßen zufrieden, mit dem was er hatte. In der Schlacht waren Pläne oft eh schnell vergessen, dachte er, streckte die müden Glieder und beschloss, Feierabend zu machen.

Auf dem Weg nach Hause merkte er, dass er außer dem leckeren Frühstück mit Allie am Morgen nichts mehr gegessen hatte und er holte sich an der U-Bahnstation ein Stück fade Pizza, dass er hungrig verschlang.

Zu Hause angekommen, zog er Jacke und Schuhe aus und genoss einen Moment die Stille, die ihn umgab. Mit geschlossenen Augen lehnte er mit dem Rücken an der Eingangstür. Heute würde er nichts mehr ausrichten können. Und es half niemandem, wenn er völlig übermüdet war. Er schlich leise ins Schlafzimmer, zog sich aus und legte sich ins Bett. Sanft zog er Allie zu sich heran. Er wollte sie einfach nur spüren, festhalten. Kurz darauf war er tief und fest eingeschlafen.

24

Als er schon früh am nächsten Morgen in seiner Küche stand und einen ersten Kaffee trank sah er den Anrufbeantworter blinken. Er schlenderte hinüber und drückte auf den Wiedergabeknopf. Es war eine Nachricht von seinem Chef. Anscheinend schlief Hoock nie. Er wollte ihn so schnell wie möglich im Revier sprechen.

Finn wusste, dass er sich sofort auf den Weg hätte machen sollen. Doch im Moment genoss er die morgendliche Ruhe viel zu sehr, um überstürzt aufzubrechen. Die Musik aus dem Radio dudelte vor sich hin, und aus dem Bad hörte er das Wasser der Dusche laufen, unter der Allie gerade stand. Sollte der alte Pirat ruhig etwas auf ihn warten. Offenbar hatte er sich von Marissa Moreau eh soweit einwickeln lassen, dass er ihr aus der Hand fraß. Und das nervte Finn gewaltig.

Nach einer ausgiebigen Joggingrunde um die Häuserblocks mit seinen geliebten harten Gitarrenriffs in den Ohren und einer heißen Dusche machte Finn sich dann aber doch auf den Weg zur Arbeit. Er wollte unbedingt bei Quentin vorbei schauen, um sich mit soviel Technikkram wie möglich auszustatten. Das FBI zahlte schließlich, dann sollten sie auch etwas bekommen für ihr Geld. Finn wollte gestochen scharfe HD-Bilder und Tonaufnahmen der Gäste auf Marissa´s

Party. Und er war bereit, sich dafür komplett verkabeln zu lassen. Wenn er alles hatte, was sie brauchten würde er sich auf die Suche nach den verschleppten Mädchen machen. Er brauchte Marissa nicht.

Im Revier angekommen ging er gar nicht erst zu seinem Schreibtisch. Die Gefahr, vom Captain gesehen zu werden war ihm zu groß. Zuerst wollte er mit dem IT-Nerd im Keller sprechen.

„Meine Güte, Quentin, du musst hier echt mal durchlüften. Es riecht als würde hier was verwesen." begrüßte Finn den Techniker, der wild auf der Tastatur klappernd hinter seiner Monitorwand saß und erschrocken zusammenzuckte, als Finn den Raum betrat. „Ja, ich weiß, entschuldige. Aber hier schau mal. Ich muss dir unbedingt etwas zeigen." Quentin war ganz aufgeregt. Was auch immer er da im Netz gefunden hatte, fesselte seine komplette Aufmerksamkeit. Und so musste Finn sich wohl oder übel erst einmal ansehen, was Quentin hatte. Vorher war der Junge mit der Nerd-Brille und dem God of War-Sweater nicht ansprechbar.

„Ok, zeig mal was du hast." gab Finn sich geschlagen und kämpfte sich seinen Weg durch den Fast Food-Verpackungsdschungel. Als er Quentin über die Schulter schaute, staunte er tatsächlich nicht schlecht. Auf den Monitoren waren Schaubilder, Zahlen und verschiedene Führerscheine inklusive Fotos zu sehen. Dazu konnte Finn Bankdaten und

Telefonverbindungsnachweise erkennen. Der Rest waren für ihn nur wild durcheinander wirbelnde Zahlen und Daten. „Was zur Hölle...?" begann er einen Satz, stutze dann aber, als er eines der Gesichter auf den Führerscheinfotos wiedererkannte. Emanuel Higgins war CEO einer großen New Yorker Investmentbank. Er hatte sein Geld mit Spekulationen an der Wall Street gemacht. Finn hatte mal in der Times über ihn gelesen. Aufstrebendes, vielversprechendes Talent hatten sie ihn genannt. Offenbar hatte dieses Talent aber einige perverse Abgründe, dachte Finn und zeigte mit dem Finger auf das Foto auf dem Monitor. „Was bedeutet das?" wollte er von Quentin wissen. „Ich hab dir doch gesagt, dass man im Tor-Browser nur sehr schwer die IP-Adressen den Besitzern zuordnen kann? Zumindest dauert es eine ganze Weile und man muss sich wirklich gut auskennen. Und vielleicht auch ein paar Gesetze etwas großzügiger auslegen," stolz zuckte der Computernerd mit den Schultern. „Ich habe anhand der Daten die wir hatte versucht heraus zu finden, wer sich noch alles für die Anzeige zur Versteigerung interessiert hat. Das war ein hartes Stück Arbeit, und ich musste mich in die Führerscheinstelle, ein paar Banken und die Telefongesellschaft hacken, um an die Namen zu kommen, aber voilá. Drei der Männer solltest du auf der Versteigerung getroffen haben."

Finn war der Mund offen stehen geblieben. Quentin hatte es ihm Gott sei Dank mit Worten erklärt, die auch für einen absoluten Computer-Laien verständlich waren. Der junge Mann hatte es offenbar geschafft, ein paar IP-Adressen mit bekannten Namen der New Yorker Investmentbranche zu verknüpfen.

„Du weißt schon, dass wir damit nichts anfangen können? Das war illegal. Kein Richter würde solche Beweise zulassen." stirnrunzelnd überlegte Finn, wie er die neu gewonnenen Kenntnisse nutzen konnte. „Ich weiß," gab Quentin zerknirscht zu. „Aber ich konnte einfach nicht hier rum sitzen und nichts tun." „Das versteh ich. Und ganz ehrlich Quentin, das ist großartig. Ich glaube ich hab auch schon ´ne Idee, wie wir hier doch noch etwas für uns rausholen können. Aber dafür brauch ich nochmal deine Hilfe. Erinnerst du dich daran, dass ich dich nach Kameras gefragt habe, die gute Bilder schießen, aber nicht sichtbar sind." Finn hatte sich schon einen Plan zurecht gelegt, den er mit Quentins Hilfe perfektionieren würde.

„Klar. Spionageausrüstung á la James Bond. Hab ich verstanden. Und ich hab dir ein paar Spielereien rausgesucht, die sowas von abgefahren sind... Nenn mich ab sofort nur noch Q." Quentin grinste ihn wieder aufgeregt an. „Q, hmm? Ok, dann lass mal sehen, Q." Finn konnte nicht anders als amüsiert den Kopf zu schütteln. Der junge Mann vor ihm hatte außergewöhnliche Fähigkeiten. Vor allem aber schien er Finn bei der Beschaffung des Equipments schon fünf Schritte voraus zu sein. „Ich hab ein wenig recherchiert und gebastelt. Aber das coolste Teil hab ich dir aus dem Darknet bestellt. Du wirst staunen." Vor

Aufregung zitterten Quentins Stimme und Hände. Er wühlte in diversen Schubladen und einem Schrank hinter ihm und fördert zwei braune Kartons aus dem Chaos hervor. Wie Quentin hier etwas wiederfand war Finn ein Rätsel, aber offenbar hatte er sein eigenes Ablagesystem.

Quentin schob seine Brille auf der Nase zurecht, öffnete mit feierlichem Gesicht einen der Kartons und förderte eine kleine schwarze Karte hervor, die aussah wie ein ganz normal American Express Kreditkarte. „Tada!"rief er und hielt Finn die Karte hin. Dieser nahm sie, drehte sie in den Händen und schaute Quentin verständnislos an. „Eine Kreditkarte? Prima. Aber ich hab schon eine." „Nicht irgendeine Kreditkarte." Quentin schüttelte der Kopf und stotterte aufgeregt:"Mit dieser Karte ist es gar nicht mehr nötig, das Geld vom NYPD freigegeben zu bekommen. Sie gaukelt dem Lesegerät vor, dass die Summe, die angefordert wird auf das Bankkonto des Empfängers transferiert wird. Virtuelles Bezahlen. Es findet keine Transaktion statt, aber wir können durch einen installierten Trojaner auf die Konten der Organisation zugreifen." „Ok, das ist wirklich erstaunlich." Finn war verblüfft, was mit ein wenig Know How alles möglich war. „Ja und das ist noch nicht alles. In dem Chip ist außerdem ein Microcomputer verbaut. Zumindest so ähnlich. Ich erklär dir das mit einfachen Worten. Dieser Microcomputer knackt dir jedes elektronische Schloss oder digitalen Zugangscode in wenigen Sekunden. Das Ding ist der Wahnsinn." „Wow. Ich verstehe. Ich glaube zwar nicht, dass ich außer ´nem guten alten Diedrich etwas zum Schlösser knacken brauchen werde, aber danke. Wer weiß wofür das noch gut ist." Finn ließ die Karte in seine Jackentasche gleiten und sah Quentin gespannt an. „Was hast du sonst noch?"

Wieder fummelte der junge Mann an einem der Kartons herum und legte einen schwarzen Knopf, ein Klebeplättchen und ein kleines, viereckiges schwarzes Kästchen auf den Tisch. „In dem Knopf ist eine Mini-4k-UHD-Kamera versteckt. Sie filmt oder macht Fotos, ganz wie du willst. Man kann sie vorher programmieren. Jeder Pickel auf den Nasen der Gäste wird auf den Bildern zu erkennen sein. Und das aus einer Entfernung von bis zu 15 Meter."

„Genau das was ich mir vorgestellt hatte. Das hast du gut gemacht. Was ist das hier?" Finn deutete auf das Klebeplättchen und das schwarze Kästchen, das kaum größer als die Kreditkarte war, nur etwas breiter. „Das, mein lieber Finn, ist das beste und kleinste Kehlkopfmikro, dass man im Darknet kaufen kann. Es ist stimm-aktivierbar, störungs- und rauschfrei. Ich kann von hier aus jedes Wort, was auf der Veranstaltung gesprochen wird hören und aufzeichnen. Es sendet sein Signal über etwas ähnliches wie Bluetooth an dieses Kästchen, was man ohne weiteres in der Innentasche des Jacketts verstecken kann und verbindet sich über Handysignal mit meinem Rechner." Quentin sah aus, als hätte er gerade den besten Sex seines Lebens gehabt. Selig lächelnd schaute er Finn an und lehnte sich entspannt in seinem Stuhl zurück. Finn konnte sich das Grinsen nicht verkneifen, als er Quentin da so glückselig in seinem Stuhl sitzen sah. „Kann ich das gleiche Teil für Eli haben? Damit ich auf der Party mit ihm Kontakt halten kann? Ich weiß ich verlange viel." „Ich bin dir längst drei Schritte voraus. Natürlich hab ich für Detectiv Brennan auch so ein Teil bestellt. Und auch so eine Kamera. Man weiß ja nie. Wir müssen das Zeug nur noch programmieren und an eurer Kleidung anbringen. Und Zack....haben wir ein technisches Meisterwerk geschaffen. Einen technischen Monet, wenn man so will. Das ist Kunst!" „Und mit wir meinst du sicherlich dich...denn vom Programmieren hab ich schon mal keine Ahnung." neckte Finn den jungen IT-Nerd. „Klar mein ich mich. Niemand ist so genial wie ich, was das Programmieren angeht. Sorry, aber ist einfach mal so." grinste Quentin ihn zufrieden an. „Q., du bist ein wahres Genie. Ich danke dir für deine Hilfe. Die Rechnung legst du einfach auf Hoocks Schreibtisch und sagst ihm, der Kram wäre für mich. Dann hat er wenigstens wieder ´nen Grund, sauer auf mich zu sein." Finn freute sich schon jetzt auf den Schlagabtausch mit seinem Chef. Er hatte ja darauf bestanden mit dem FBI zusammen zu arbeiten. Dann sollte er auch die Rechnung dafür kriegen. „Ich komm wieder, bevor ich zu der Party fahre. Dann kannst du mich ausstatten. Die Karte nehm´ ich schon mal mit." zwinkerte Finn Quentin zu und wollte sich schon einen Weg aus dem Kellerloch bahnen. „Finn, denk bitte dran, dass diese Karte absolut illegal ist. Du solltest besser nicht dein Mittagessen damit bezahlen." mahnte ihn Quentin. „Schade eigentlich." kommentierte Finn das und machte sich auf den Weg in das Büro seines Vorgesetzten.

25

„Guten Morgen Chef, ich hoffe sie haben gut geschlafen." rief Finn gut gelaunt, als er wie gewohnt ohne zu klopfen Hoocks Büro betrat und sich auf eine freien Stuhl fallen ließ. Sein Captain seufzte, verdrehte kurz genervt die Augen und begrüßte ihn dann mit einem knappen: „Guten Morgen, Detectiv Becket."

Wenn Hoock Titel und Nachnamen benutzte wurde es für gewöhnlich ungemütlich. Doch Finn konnte heute nichts mehr die Laune verderben. Mit Quentins Hilfe würde er seinen Plan perfekt umsetzen können. Und er war auf Marissa Moreau nicht mehr angewiesen. „Was ist so wichtig, dass sie mich mitten in der Nacht versuchen aus dem Bett zu holen?" wollte er vom Captain wissen. „Ich wollte mit ihnen noch mal über das Gespräch mit Miss Moreau reden. Ich weiß, dass sie nicht viel davon halten, mit dem FBI zusammen zu arbeiten. Ich wollte sie nur nochmal daran erinnern, dass sie aus dem Fall raus sind, wenn sie sich nicht an die Absprache halten."

„Ist mir bewusst. Und ich denke, ich bin Profi genug, um das zu akzeptieren. Sie bringt uns auf die Party, ich sammel Beweise und anschließend holen wir die Mädchen da raus. 'Easy as pie', wie man so schön sagt." Finn musste sich zusammenreißen, um so entspannt wie möglich zu wirken. Hoock sollte glauben, dass er weiterhin an dem Plan, den Marissa aufgestellt hatte mitarbeitete. „Sehr gut. So viel Einsicht hatte ich gar nicht erwartet." antwortete Hoock sichtlich überrascht. „Ach wissen sie, wenn wir hinterher die Mädchen zu ihren Familien zurück bringen können, macht mich das schon glücklich. Sie hätten sie auf der Versteigerung sehen sollen. Echt gruselig. Übrigens hat Quentin einen Weg gefunden, einige der Männer dort zu identifizieren. Wir arbeiten allerdings noch daran, die Beweise nutzbar zu machen. Fragen sie nicht..." erklärte Finn seinem Chef.

„Ich glaube, dass will ich gar nicht so genau wissen. Hauptsache für Richter und Staatsanwaltschaft ist nachher alles verwertbar. Der junge Mann scheint ja mächtig Eindruck auf sie gemacht zu haben."
„Allerdings. Er ist großartig. Aber er bräuchte mal ein neues Büro. In seinen Keller zu gehen gleicht einem Abenteuertrip durch die Kanalisation von New York. Ich möchte nicht wissen, was da unten noch alles so lebt." Finn schüttelte sich bei dem Gedanken daran, wie es in dem kleinen, stickigen Raum vorhin gerochen hatte. „Ich werde mal sehen, was ich tun kann. Vorausgesetzt Mister Smith möchte sich hier oben aufhalten." Captain Hoock wusste offenbar von Quentins Abneigung gegen soziale Kontakte und dass der junge Mann froh war, unten im Keller seine Ruhe zu haben. „Ob er will oder nicht, auch Nerds brauchen ab und zu frische Luft. Und dieses Loch da unten hat nicht mal ein Fenster. Gut, wenn weiter nichts ist, dann mache ich mich jetzt mal an die Arbeit. Ich will noch einiges mit Elias besprechen, bevor wir zu dieser

wilden Party gehen." Finn erhob sich voller Energie und verließ das Büro. Hoock sah ihm grübelnd nach. Konnte es sein, dass Detectiv Becket sich tatsächlich einmal an eine klare Anweisung hielt. Es geschahen wohl doch noch Zeichen und Wunder. Von Finns Plänen, was die Party anging ahnte er nichts.

26

Elias war mittlerweile auch im Revier angekommen. Finn fand ihn an seinem Schreibtisch, über einen Bericht gebeugt, den er offenbar schon einige Zeit vor sich herschob.

Elias war froh, Finn zu sehen und schob die Akte auch gleich ein Stück von sich, als dieser sich auf eine freie Kante des Schreibtischs setzte. „Hey Becks, so gut drauf heute morgen?" begrüßte er ihn. „Klar. Warum denn nicht? Der Fall läuft doch ziemlich gut soweit." lächelte Finn seinen Partner an. „Ok, jetzt hast du dich verraten. Was hast du vor? Ich kenn´ dich einfach zu gut, dass du mir etwas vormachen könntest." stellte Elias skeptisch fest. „Ich? Ich werde brav mit Miss Moreau zusammenarbeiten, wie unser Pirat das gern hätte." Finn wollte Elias auf die Folter spannen. Er wusste, dass sein Kumpel ihm das in hundert Jahren nicht abnehmen würde. Und so war es auch. Elias runzelte die Stirn und legte den Kopf schräg, um Finn durchdringend zu mustern. „Wer bist du und was hast du mit meinem besten Freund gemacht?" fragte er. Finn musste lachen:"Komm, ich lad´ dich zum Frühstück ein. Dann können wir reden." „Na das ist doch mal ein Wort." grinste Elias, erhob sich und hatte so schnell seine Jacke an, dass Finn schon wieder lachen musste.

„Und so werden wir die Mädchen da raus holen."
schloss Finn seine Erklärung ab, und schob sich den
letzten Bissen von seinem Rührei mit Speck in den
Mund.

Elias hatte Pancakes mit Sirup und gebratenen Speck
bestellt und kaute zufrieden vor sich hin. Er nahm
einen Schluck Kaffee und sah seinen Freund an. Dann
nickte er und meinte:" Genau so kenn´ ich dich. Es war
ja klar, dass du dich von einer Marissa Moreau nicht
einfach so herumschubsen lässt." Elias seufzte. „Ich bin
dabei. Irgendjemand muss ja hinter dir aufräumen."

Finn grinste seinen Freund glücklich an. Natürlich
konnte er sich auch hier wieder auf ihn verlassen. Wie
hatte er nur je daran zweifeln können. „Du wirst
begeistert sein, welche technischen Spielereien
Quentin für uns hat. Damit wird das ein Kinderspiel.
Und ich sag ja nicht, dass Miss Moreau ganz falsch
liegt. Wir werden schon genug Material zusammen
bekommen, um sie ruhig zu stellen." „Nach der
Nummer kannst du froh sein, wenn du noch ´nen Job
hast. Du handelst gegen Hoocks Anweisung, mit dem
FBI zusammen zu arbeiten. Ich finde du solltest sie in
deinen Plan einweihen. So schlecht hört er sich nicht
an. Und vielleicht geht sie ja drauf ein. Wer weiß." Elias
wirkte besorgt, und Finn nahm sich seinen Einwand
auch zu Herzen. Aber er konnte einfach nicht über
seinen Schatten springen. Wenn der Abend gelaufen
war, da war er sich sicher, hätte er nicht nur seinen
Chef, sondern auch diese FBI-Agentin überzeugt. Und

zwar mit Taten. „Auf keinen Fall. Sie soll denken, dass wir ihr Spiel mitspielen. Denk doch mal an das kleine Mädchen auf der Versteigerung. Und sie macht das ganze schon seit einem Jahr. Es liegt ihr nicht gerade viel daran, diese Mädchen zu befreien. Ihre Tarnung steht bei ihr im Vordergrund. Und wenn ich bis ans Ende meines Lebens Bürodienst schieben muss, dann werde ich das tun. Aber vorher hole ich diese Mädchen da raus." Elias wusste, dass er keine Chance hatte, Finn von seinem Vorhaben abzubringen. Er nickte nachdenklich und wiederholte:" Wie gesagt, ich bin dabei. Du kannst dich auf mich verlassen."

Sie bezahlten und verließen Marci´s Café. Die verschneiten Straßen von New York glänzten im morgendlichen Sonnenschein, während um sie herum noch ein paar Flocken zur Erde fielen. Manchmal konnte sich die Stadt auch von ihrer schönen Seite zeigen.

Vor dem Polizeirevier zündete Finn sich unter dem stechenden Blick von Elias eine Zigarette an. Was hatte diese Einsätze nur an sich, dass Finn immer wieder anfing zu rauchen. Er bemerkte Eli´s Blick, zuckte entschuldigend mit den Schultern und qualmte zu Ende, während sein Partner schon mal hinein ging.

Finn war zufrieden mit sich, wusste aber auch, dass er seinen Freund in eine schwierige Lage brachte. Er hing mit drin. Und wenn Finn´s Dickkopf wirklich Konsequenzen hatte, dann würden diese auch Eli treffen. Und dieser hatte immerhin eine Familie zu versorgen. Doch auch hierfür würde sich eine Lösung finden lassen. Und wenn Finn am Ende alle Schuld auf sich nehmen musste, würde er das tun. Das war er seinem Freund schuldig.

27

Der Rest der Woche plätscherte vor sich hin. Finn wurde zunehmend nervöser. Er konnte nur schlecht stillsitzen und abwarten. Deswegen reagierte er gereizt auf jede Kleinigkeit. Quentin hatte bereits die Programmierungen vorgenommen und wartete nur darauf, Finn und Elias auszustatten. Alles war bereit. Sie konnten sofort loslegen.

Als am Freitagvormittag die SMS mit der Einladung auf Finn´s Diensthandy einging war Finn´s Freude groß:" YES! Na endlich!" Finn schlug mit der Faust so kräftig auf seinen Schreibtisch, dass beinah seine halb geleerte Kaffeetasse umgefallen wäre. Elias am Tisch neben ihm zuckte zusammen und sah ihn fragend an. „Die Einladung ist da. Heute Abend geht es endlich los. Das Warten hat, Gott sei Dank, ein Ende," erklärte Finn. Elias runzelte die Stirn und fragte:" Und du bist dir immer noch sicher, dass du das durchziehen willst?" „Hundertzwanzig Prozent sicher," war Finn´s knappe Antwort. Er fuhr seinen Rechner herunter und schnappte sich seine Jacke. Bevor er sich auf den Weg nach Hause machte, um sich auf den Abend vorzubereiten sah er noch einmal bei Hoock rein.

„Heute Abend steigt die Party." informierte er seinen Chef, nachdem er dessen Büro wie üblich betreten hatte. „Ich schwöre ihnen, ich lasse an dieser Tür bald einen Summer anbringen. Dann lernen sie vielleicht endlich anzuklopfen." kommentierte dieser genervt. „Wann und wo? Ich muss das SWAT-Team informieren, damit wir uns mit dem FBI abstimmen können." „Ich habe wieder nur Koordinaten geschickt bekommen. Das sollten wir googlen." stellte Finn fest. Nach kurzer Recherche hatten sie eine Adresse zu den Koordinaten. Westhampton Beach, 113 Dune Road. Finn war nun doch froh, dass er mittlerweile mit der Rückendeckung des FBI ermittelte. In Westhampton hätte er als New Yorker Polizist keinerlei Befugnisse gehabt. Das war aber auch schon der einzige Grund.

Das Gebäude sah auf der Karte aus wie eine riesige Villa mit Pool, Tennisplatz, Privatstrand und eigenem Bootsanleger. An drei Seiten war sie von hohen Mauern und Bäumen und auf der vierten vom Ozean umgeben. Finn zweifelte keinen Moment daran, dass man dort ganz in Ruhe tun und lassen konnte, was man wollte, ohne von den Nachbar genervt zu werden. Der perfekte Ort für ein Zusammentreffen von lauter Perversen mit massenhaft Kohle. Anreise per Auto, Boot oder Helikopter. Na, Dankeschön.

„Gut, ich werde alle briefen und sie und Elias lassen sich von Quentin verkabeln. Und diese Verkabelung sollte besser perfekt sein. Für den Preis, den ich dafür hinblättern musste." Mit sichtlich unwilligem Gesichtsausdruck entließ Hoock Finn. Hm, er ist nicht mal wirklich sauer, weil der Kram so teuer war. Wo bleibt denn da der ganz Spaß? dachte sich Finn, wollte aber auch nicht unnötig in der Wunde stochern und verließ das Büro.

Als er am späten Nachmittag geschniegelt und gebügelt zurück im Revier ankam spürte er die Blicke der Kollegen auf sich. Susi hatte sich gerade einen Kaffee geholt und musste zwei mal hinschauen, da sie ihn beinahe nicht erkannt hätte. „Wow, du siehst aber gut aus." hauchte sie mit errötenden Wangen. Finn zwinkerte ihr frech zu, legte einen Arm um sie und hauchte ihr einen Kuss auf die Wange. „Dankeschön, du aber auch." Er konnte fast sehen, wie weich Susi´s Knie wurde und konnte sich ein Grinsen nicht verkneifen. Seinem Charme konnte wirklich niemand widerstehen. Auch Eli sah aus, wie aus dem Ei gepellt. Gemeinsam machten sie sich auf den Weg zu Quentin in den Keller.

„Wow, bin ich verhaftet? Ihr seht aus wie zwei Superagenten. Oder die Men in Black," begrüßte Quentin sie fröhlich. Sie hatten sich in einem kleinen Raum neben seinem „Büro" getroffen, weil Finn auf der Party nicht den Geruch aus Quentin´s Computerhölle mit sich herum schleppen wollte. „Lass den Quatsch." begrüßte er den jungen Mann. „Erklär mir lieber die Ausrüstung nochmal. Ich will nicht, dass heute Abend etwas schief geht."

Damit war Quentin voll in seinem Element. Er ratterte Daten und Funktionsweisen herunter und verkabelte Finn und Elias mit allem was er hatte. Als er fertig war, war von dem technischen Geräten nichts mehr zu sehen. Sie unterzogen die Kameras und Mikrofone einer eingehenden Prüfung, bis Finn zufrieden war.

„Ok, dann kann ja nichts mehr schiefgehen," stellte er fest und sah noch einmal prüfend an sich hinab."Das will ich wohl meinen. Ihr beide seid mein Meisterwerk. Und mit dem eingebauten GPS-Tracker der Kamera kann ich jeden eurer Schritte verfolgen. Und das sogar in 3D." Quentin freute sich wie ein Kind am Weihnachtsmorgen. Seine PC-Lüfter surrten, die Monitore piepsten und alles war bereit für den heutigen Einsatz.

„Na dann mal los. Es ist noch eine weite Fahrt bis Westhampton Beach." Finn bedeutete Elias zu gehen. Er war die ganze Zeit über schon sehr still gewesen, was Finn anfangs auf Grund seiner eigenen Nervosität gar nicht so sehr aufgefallen war. Doch als Eli sich mit nur einem knappen 'Danke' von Quentin verabschiedete merkte auch Finn, dass mit seinem Partner etwas nicht stimmte.

„Was ist mit dir? Machst du ´nen Rückzieher? Ich könnte es verstehen, weißt du. Ich muss nur wissen, ob ich mich zu hundert Prozent auf dich verlassen kann, wenn du dabei bist." „Quatsch nicht blöd rum, Becks. Ich mach doch keinen Rückzieher. Ich hab nur irgendwie ein ganz beschissenes Gefühl bei der Sache." Elias hatte tatsächlich oft eine Art Intuition, was den Verlauf der Einsätze anging. Schon lange nahm Finn es sehr ernst, wenn sein Freund ihm sagte, dass er besser auf sich aufpassen musste als er es sonst tat. Auch der heutige Abend bildete da keine Ausnahmen. „Hey, Eli. Wir werden diese Typen dran kriegen. Und wir werden die armen Mädchen da rausholen. Und keinem wird dabei etwas passieren. Ich versprech´s." versuchte Finn Elias zu beruhigen. Der schaute ihm ernst in die Augen und nickte dann. „Pass einfach auf dich auf. Ich kann ja nicht die ganze Zeit an dir kleben, wie eine Klette." Finn nickte ihm dankbar zu und beschloss, entgegen seines eigentlichen Plans, seine Dienstwaffe doch mitzunehmen. Man konnte ja nie wissen. Nun war auch Elias etwas beruhigter.

Gemeinsam stiegen sie in die schwarze Limousine, die Marissa und das FBI für ihre Tarnung für sie organisiert hatten, und die schon vor dem Revier auf sie wartete. In dem kleinen, beinah unsichtbaren Ohrhörer, der sie miteinander und mit Quentin verband, vernahmen sie kurz darauf Hoocks Stimme:" Passen sie auf sich auf. Und keine Heldentaten. Ich brauche sie noch! Da ist ein Befehl."

Finn musste schmunzeln. Vielleicht hatte Marci damals recht gehabt, als sie ihm bat, nicht so streng mit dem Captain zu sein. Er mochte Finn anscheinend wirklich.

28

Als der Wagen mit Finn und Elias an Board auf die
Dune Road einbog stieg Finn´s Nervosität ins
Unermessliche. Er wusste er müsste heute Abend
seine ganze Selbstbeherrschung aufbieten, wenn er
nicht jedem einzelnen der Anwesenden ins Gesicht
schlagen wollte. Die Angst, die die Mädchen haben
mussten konnte er sich nicht einmal ansatzweise
vorstellen.

Das Grundstück, auf das die Limousine einbog, war zur
Straße hin mit einem großen Tor gesichert. Zwei
Wachleute standen bereit, um die Einladungen von
jedem Gast zu kontrollieren. Finn musste nur sein
Handy mit der SMS vorzeigen, um eingelassen zu
werden. Die Limousine fuhr die Auffahrt hoch und hielt
vor den Türen der Villa. Rechts von ihnen lag der
Tennisplatz, auf der linken Seite parkten einige teuer
aussehende Autos. Offenbar waren schon ein paar
Gäste eingetroffen.

„Showtime." sagte Finn mit einem Blick zu Elias.
„Treten wir ihnen in den Arsch." kommentierte sein
Freund. Aus dem Ohrhörer war ein leises Lachen zu
hören. „Reiß dich zusammen, Quentin. Ich kann heute
Abend keine Ablenkung gebrauchen." mahnte Finn
den Techniker. „Oki Doki." antwortete dieser prompt.
Der Chauffeur öffnete ihnen die Tür und Finn und Elias
stiegen aus. Finn schloss die Knöpfe an seinem Jackett

und fragte leise:"Funktioniert die Kamera?"
„Selbstverständlich. Ich hab ein glasklares Bild. Es ist großartig." antwortete Quentin in Finn´s Ohr.

„Na dann, schau genau hin. Jeder der Anwesenden ist ein potenzieller Straftäter, den wir hinterher auf Grund dieser Bilder überführen wollen." Finn war sich im Klaren darüber, dass er diese Anweisung für Quentin schon zig tausend Mal wiederholt hatte. Aber er wollte lieber zu zweihundert Prozent sicher sein, dass der Junge das hier auch ernst nahm. „Hör mal, Finn. Mach dir keine Sorgen. Ich hab hier alles im Griff. Kümmere du dich nur darum, dass du jedes Gesicht drauf kriegst. Ich mach hier schon meinen Job." Quentin klang gekränkt und Finn lächelte vor sich hin. „Das war alles was ich hören wollte." erklärte er und machte sich, gefolgt von Elias auf den Weg ins Haus.

Der Eingangsbereich war atemberaubend schön. Er ging direkt in das offene Wohnzimmer über, das durch eine riesige Fensterfront einen fantastischen Blick auf das Meer und die untergehende Dezembersonne preisgab. Das Licht war gedämpft, ebenso wie die Stimmen der anwesenden Gäste. Leise Musik spielte im Hintergrund und ein Feuer brannte im großen Kamin. Eine Kellnerin bot Finn ein Glas Champagner an, das er dankend annahm. Vielleicht dämpfte das seine Nervosität etwas. Finn hielt Ausschau nach Marissa. Er konnte sie nirgends entdecken. Doch Emanuel Higgins, der Investmentbanker, den er schon auf der Versteigerung gesehen hatte stand mit zwei weiteren Männern in einer Ecke des Raumes und unterhielt sich leise.

Nachdem Finn sein Glas fast in einem Zug geleert hatte fiel ihm wieder ein, dass er einen Auftrag hatte. Er begann, durch den Raum zu schlendern, so dass er Videomaterial für Quentin sammeln konnte. Dabei achtete er darauf, dass er jeden Gast mindestens einmal direkt von vorne aufgenommen hatte.

„Du machst das großartig, Finn. Jetzt such dir ´nen Platz, von dem aus die die Tür filmen kannst. Dort müssen ja wohl alle erst mal vorbei." wies ihn Quentin über den Ohrhörer an. „Gar nicht so leicht, ohne aufzufallen." murmelte er vor sich hin und hoffte, dass das Kehlkopfmikrofon auch diese leisen Worte aufnehmen konnte. „Du schaffst das schon." bestätigte Quentin. Das funktionierte also, gut zu wissen. „Jetzt halt mal den Rand und lass uns machen. Wir werden eh mehr als ein paar Gesichter brauchen, um genug Beweise zu haben." Elias flüsterte zwar, doch Finn konnte hören, dass er ziemlich sauer auf Quentin war. Es gefiel ihm nicht, dass der Nerd aus seiner sicheren Höhle heraus Anweisungen gab.

„Hey, Jungs, alles gut. Macht euch locker." murmelte Finn wieder. Plötzlich legte sich von hinten eine Hand auf seine Schulter und er musste sich arg zusammenreißen, um nicht vor Schreck zusammen zu zucken. Hatte der Typ hinter ihm etwas von dem Gespräch mitbekommen?

159

Als er sich umdrehte sah er direkt in Marissa's wunderschöne, braune Augen. Sie trug die langen, dunklen Haare offen und hatte sich in ein teuer aussehendes, dunkelgrünes Satinkleid gehüllt, dass nur eine Schulter bedeckte. Finn musste sich kurz sammeln. Sie sah wirklich umwerfend aus.

„Mein lieber Finn. Es freut mich wirklich sehr, dass sie es so kurzfristig einrichten konnten, meiner Einladung folge zu leisten." begrüßte sie ihn mit dem umwerfendsten Lächeln, dass er je gesehen hatte. „Aber Marissa, wie hätte ich mir das entgehen lassen können? Sie haben mal wieder eine fantastische Atmosphäre geschaffen. Ich freue mich schon sehr auf den heutigen Abend." Mit seinem ganzen Charme versuchte er die schöne Agentin um den Finger zu wickeln. In seinem Ohrhörer hörte er, wie Elias sich ein Lachen verkneifen musste. Doch er konzentrierte sich voll und ganz darauf, in seiner Rolle zu bleiben. „Vielleicht können sie mir kurz erklären, wie der heutige Abend so ablaufen wird. Wie sie wissen, ist das mein erstes Mal auf einer ihrer Partys."

„Vielleicht sollten wir das kurz privat besprechen. Bitte folgen sie mir in mein Büro." lud Marissa ihn ein. Elias war aufgesprungen und bereit, Finn überall hin zu folgen. Doch dieser gab ihm ein Zeichen, sich wieder hinzusetzen. Marissa stellte keine Gefahr dar. Er folgte ihr in einen Raum, der über einen kleinen Flur in ein gemütliches Arbeitszimmer führte. An der Wand gegenüber der Tür waren eine ganze Reihe von

Monitoren angebracht und in den unteren rechten Ecken der Bildschirme leuchtete die jeweilige Zimmernummer auf. Finn registrierte schnell, dass sämtliche Räume Videoüberwacht waren.

Marissa schickte ihren Bodyguard aus dem Raum und atmete erleichtert aus. „Mein Gott, seid ihr Anfänger. Wenn ich schon durch zwei Räume hindurch sehe, dass ihr euch über die Mikros unterhaltet, dann sieht das auch jeder andere. Reißt euch verdammt nochmal zusammen. Ich halte hier meinen Kopf für euch hin."

Finn war kurz wirklich verdutzt, weil Marissa ihm die Leviten las. Doch dann kochte die Wut in ihm hoch. Was glaubte sie eigentlich wer sie war? Er wollte gerade Luft holen, um etwas zu erwidern, als er Elias in seinem Ohr hörte:"Sie hat recht. Wir müssen besser aufpassen." An Marissa gewandt sagte Finn also nur:"Ist gut, tut mir leid. Wir kriegen das schon hin."

„Wow, ich hab dich noch nie so Lügen gehört. Es tut dir leid? Das ist doch nicht dein Ernst," grinste Eli in Finn´s Ohr. Der verkniff sich ein Grinsen und fragte statt dessen:"Also wie läuft das hier? Ich brauche ein bisschen Zeit, um Videomaterial zu sammeln. Und am besten erwischen wir die Bastarde in flagranti. Wie stellst du dir das vor?"

„Ich werde dich mit einem unserer Mädchen auf ein Zimmer schicken. Wenn du ihr sagst, dass sie unter keinen Umständen das Zimmer verlassen darf wird sie auf dich hören. Sie hat sicher viel zu viel Angst um einem Kunden zu widersprechen. Sonst droh´ ihr halt. Dir fällt schon was ein. Bist ja ein helles Kerlchen. Von da an bist du auf dich gestellt. Im Obergeschoss liegt der Masterbedroom, am Ende des Flurs. Dort findet sowas wie ´ne Orgie statt. Die Männer dort zu filmen sollte kein Problem sein. Genauso wie in den nicht verschlossenen Räumen. Sie stehen auf Zuschauer. Deswegen ist die Hälfte von ihnen hier. Die verschlossenen Räume würde ich an deiner Stelle meiden. Versuch es gar nicht erst. Du willst nicht sehen, was dort drin vorgeht. Andererseits wäre ich begeistert, wenn du auch diese Männer auf Film bannen könntest. So würden wir sie alle dran kriegen."

Finn starrte Marissa mit offenem Mund und vor Wut funkelnden Augen an. „Was soll das heißen, ich will nicht sehen was darin vorgeht? Ich dachte deswegen wäre ich hier. Werden die Mädchen da drin gequält?"

„Finn, wir können ihnen erst helfen, wenn wir genug Beweise haben. Ich weiß, das ist schwer zu verdauen. Aber jetzt sei mal Profi und schluck deine Wut herunter. Sonst fliegen wir heute Abend beide auf. Und ich schwör dir, ich riskiere nicht meinen Kopf für dich. Wenn es heißt du oder ich, wähle ich mich." Das war eine klare Ansage. Finn kochte vor Wut. Auf Marissa, auf diese Männer, die sich an jungen, unschuldigen Mädchen vergingen auf das ganze System. Aber er wusste auch, dass er sich jetzt keinen Ausfall leisten konnte. Marissa hatte klargestellt, wie sie die Sache sah. Sie war eiskalt und wenn es hart auf hart kam, würde sie alles auf ihn abwälzen. Er konnte sich also wie üblich nur auf sich selbst und Elias verlassen. Er atmete tief durch und fragte so höflich, wie es ihm möglich war:"Wo sind die Mädchen versteckt, bevor sie den Männern zum Fraß vorgeworfen werden?" „Es gibt einen Kellerraum. Dort halten sie sich zur Zeit auf. Es sollten 20 Mädchen sein. Man weiß ja nie, wonach den Herren heute Abend der Sinn steht. Aber da kommst du nicht rein. Der ist elektronisch gesichert. Nicht mal ich habe die Codes." Finn wurde gerade klar, dass Marissa ihn offenbar nur benutzte. Wenn sie an die Mädchen nicht einmal heran kam, wie hatte sie ihm dann versprechen können, dass er sie würde befreien können, wenn er genug Beweise beisammen hatte? Und warum zur Hölle sollte er die Kerle filmen, wenn sie doch in jedem Zimmer eine Videoüberwachung laufen hatten? Das Material sollte locker ausreichen. Doch das schockte ihn gerade auch nicht mehr. Zum Glück hatte er ja die Kreditkarte von Quentin bekommen, mit der er hoffentlich ohne weiteres jedes elektronische Schloss knacken konnte. „Ich bin ein wahres Genie!" hörte er auch gerade, wie zur Bestätigung in seinem Ohrhörer und nun musste er doch lächeln.

„Vielen Dank, Marissa. Das war auch schon alles was ich wissen wollte. Ich werde mich dann wieder zu den Partygästen begeben. War schön mal wieder mit dir zu plaudern. Du bist immer so erfrischend ehrlich." Elegant drehte er auf dem Absatz um und verließ das kleine Arbeitszimmer.

Er nickte im Vorbeigehen den Bodyguards zu, die sich rechts und links der Tür postiert hatten und murmelte:"Kann man die Kamera auch ausschalten?" „Ähm, nee.... Wozu?" Quentin war hörbar verwirrt. „Falls ich Marissa eine reinhauen sollte, will ich das nicht als Beweis auf Video haben. Nein, im Ernst. Ich muss pinkeln und hätte euch beide ungern dabei." „Achso, klar. Ich kümmer mich drum. Sowie du das Bad betrittst, ist das Video aus. Versprochen." Quentin war die Erleichterung anzuhören. Er hätte sich wohl ziemlich unwohl gefühlt in dem Wissen, dass Finn eine FBI-Agentin angriff. „Danke. Und noch etwas Quentin. Kannst du dich in das Netzwerk hier einhacken und die Videos aus den Zimmern in Dauerschleife laufen lassen? Ich brauche etwas mehr Bewegungsfreiheit." Finn´s Plan würde nicht aufgehen, wenn er ständig von Marissa beobachtet wurde. „Sollte kein Problem sein. Gib mir ein oder zwei Minuten Zeit." bestätigte Quentin mit einem Lächeln im Gesicht.

Als Finn von der Toilette zurück war, gab er Quentin ein Zeichen, dass er das Video wieder anstellen konnte. Er hatte sich inzwischen so weit beruhigt, dass er sich selbst sicher war, diesen Abend irgendwie zu überstehen. Er gesellte sich wieder zu den Gästen in das Wohnzimmer und sah sich um. Es standen Aschenbecher auf dem Tisch, was für ihn die Genehmigung war, hier rauchen zu dürfen. Also zündete er sich eine Zigarette an und genehmigte sich ein zweites Glas Champagner. Er hatte sich einen Platz in der Nähe der Fensterfront gesucht, von wo aus er den gesamten Raum gut im Blick hatte. Lässig lehnte er an einem Türrahmen und unterhielt sich leise mit Elias, der neben ihm stand.

„Wenn ich nachher im Obergeschoss beschäftigt bin, musst du in den Keller um die Mädchen aus dem Raum zu holen." „Und wie soll ich das anstellen? Ich bin hier nicht der Computernerd. Und auch kein Panzerknacker. Wie soll ich die Codes heraus bekommen?" Elias sah ihn an, als wäre er verrückt. „Da hab ich was für dich mein Freund." grinste Finn. „Ich wollte es ja gar nicht mitnehmen, aber unser Freund Quentin hat darauf bestanden." Er reichte Elias die schwarze Kreditkarte rüber, der sie verwirrt anstarrte. „Soll ich die Türsteher bestechen? Ich denke dafür wäre Bargeld besser geeignet."

„Auf dem Chip ist ein Mini-PC eingebaut. Frag mich nicht wie das funktioniert, ich hab keine Ahnung. Aber Quentin hat mir versprochen, dass ich damit jedes elektronische Schloss auf kriege." verschwörerisch zwinkerte Finn Elias zu. „Der PC auf dem Chip rechnet euch in sekundenschnelle jede mögliche Kombination aus Zahlen und Buchstaben..." „Quentin, ist ja gut." unterbrach Finn den beginnenden Redeschwall des Technikers. „Ich denke Elias hat schon verstanden, was er wissen muss." „Klar, natürlich." gab Quentin geknickt zu. „Zuerst sammeln sie die Beweise. Halten sie sich an die Absprache mit dem FBI." ermahnte Hoock in ernstem Ton.

In diesem Moment sah Finn eine graumelierten Herren in einem gut sitzenden schwarzen Anzug durch eine Nebentür den Raum betreten. Er wirkte verschwitzt, steckte sich gerade noch das Hemd zurück in die Hose und ging dann freudestrahlend auf Marissa zu, die eben aus dem kleinen Arbeitszimmer gekommen war. „Meine Herren," tönte er in breitem texanischem Akzent durch den Raum. „Ich möchte sie heute Abend hier herzlich willkommen heißen. Meine zauberhafte Assistentin Marissa haben sie ja alle schon kennen gelernt. Sie hat ihre Bestellungen für den heutigen Abend aufgenommen und ich freue mich ihnen mitteilen zu können, dass die Mädchen bereits in den oberen Räumen auf sie warten. Alles Weitere überlasse ich jetzt Marissa. Viel Spaß wünsche ich ihnen."

„Hast du ihn drauf?" wollte Finn leise von Quentin wissen. „Klaro." bestätigte dieser knapp.

Marissa bewegte sich elegant durch den Raum und sprach dabei zu den Anwesenden. „Meine Herren, als sie eben in meinem kleinen Büro waren, habe ich ihnen jeweils eine Zimmernummer gegeben. Die Zimmer oben sind nummeriert. So finden sie zu dem gewünschten Mädchen. Als kurze Info möchte ich ihnen noch mitgeben, dass der Masterbedroom, sowie Zimmernummer 2,5,7 und 8 offen sein werden. Die restlichen Zimmer sind verschlossen, denn die Herren möchten dort nicht gestört werden. Bitte respektieren sie die Privatsphäre unserer Gäste. Sollte etwas nicht zu ihrer Zufriedenheit sein, zögern sie nicht, einen meiner Mitarbeiter anzusprechen. Wir werden sicher einen Weg finden, wie sie dennoch ihren Spaß haben können. Und nun wünsche auch ich ihnen viel Vergnügen."

Marissa versuchte tatsächlich Finn zu helfen. So musste er wenigstens nicht an jeder Tür rütteln, um herauszufinden, ob sie offen oder verschlossen war. Dennoch hatte er keine Ahnung, in welchen Raum er sich jetzt begeben sollte. Er versuchte Marissa mit Blicken dazu zu bewegen, zu ihm zu sehen. Als das nicht funktionieren wollte, beschloss er, zu ihr herüber zu gehen. Die meisten Männer hatten sich schon auf den Weg ins Obergeschoss gemacht. Die Zeit drängte.

„Entschuldigung, Miss Marissa. Kann ich sie vielleicht kurz sprechen?" Charmant versuchte er sie von dem graumelierten Herren weg zu bekommen, um sie unter vier Augen zu sprechen.

„Mister Barnett, richtig?" sprach ihn der Texaner an. „Sie sind heute Abend das erste Mal bei uns zu Gast. Ich hoffe es ist alles zu ihrer Zufriedenheit?" „Ich glaube, wir sind uns noch nicht vorgestellt worden. Mit wem habe ich denn das Vergnügen?" Finn wusste, er durfte keine Zeit verschwenden. Aber dennoch wollte er zumindest den Namen des Veranstalters erfahren. Konnte ja nicht schaden, mindestens genauso gut wie Marissa informiert zu sein. „Michael Kane. Ich habe mich darauf spezialisiert, diese Events zu organisieren." Kane schüttelte Finns Hand mit festem

Griff. Es war eine Machtdemonstration, das war Finn klar. Er erwiderte den Händedruck so fest er konnte und wandte sich dann wieder Marissa zu:"Ich fürchte, ich habe meine Zimmernummer vergessen. Wäre sie so freundlich, mir auszuhelfen?" „Aber sicher doch. Sie haben Zimmernummer 4. Die Treppe rauf und dann auf der rechten Seite. Ich hoffe es ist alles so, wie sie es sich gewünscht haben." Marissa zwinkerte ihm vielsagend zu und Finn bedankte sich brav und entschuldigte sich dann, um nach oben zu gehen. Kane und Marissa wandten sich ab, um sich in das kleine Arbeitszimmer zu begeben und etwas mehr Privatsphäre zu haben.

29

Die Treppe und der Flur waren mit dickem Teppichboden ausgelegt, was Finns Schritte dämpfte und wohl ein wohliges Gefühl vermitteln sollte. Doch wenn Finn ehrlich war, hatte er sich noch nie so mies gefühlt, wie in diesem Moment. Ihm war schlecht vor Ekel und Aufregung. Auf seiner Suche nach dem richtigen Zimmer ging er langsam den Flur entlang und murmelte in sein Mikro:" Eli? Bist du noch im Wohnzimmer?" „Ja, im Moment komm ich hier auch nicht weg. Zu viele aufmerksame Augen." antwortete Eli leise. „Ok, versuch dich zu beeilen. Vielleicht könnte Hoock ja mal ein Signal geben, wie weit das SWAT-Team ist. Dann können wir die Mädchen aus dem Keller vielleicht schon raus bringen, ohne dass es jemand merkt." Wenigstens mein Kopf arbeitet noch wie er soll, dachte Finn. „Wir brauchen noch 10 Minuten. Dann steht das Team bereit. Sie holen erst die Beweise, und dann die Mädchen. Das SWAT-Team kann das zur Not auch übernehmen. Ich sehe sie beide auf dem GPS. Quentin hat das wirklich großartig gemacht. Ich kann sie durch das Gelände lotsen, wenn es soweit ist."

Finn war erleichtert, dass er sich darum schon mal keine Gedanken mehr machen musste. In dem halbdunklen Flur mit der beigen Tapete hatte er nun auch endlich sein Zimmer gefunden. Er öffnete die Tür mit der Nummer 4 darauf und blieb auf der Schwelle wie angewurzelt stehen.

Das kleine 10-jährige Mädchen von der Versteigerung hockte in einem weißen Kleidchen mit Kniestrümpfen und roten Bändchen in den Zöpfen auf einem Queensize-Bett. Finns Kopf war plötzlich wie leergefegt. Sprachlos, unendlich wütend und hilflos starrte er das Mädchen an und wusste nicht, was er sagen sollte. „Hallo Mister." sagte die Kleine leise, mit tränen erstickter Stimme. In seinem Ohr sog Elias scharf die Luft ein. „Ist es das was ich denke?" murmelte er. Finn nickte, bis ihm klar wurde, dass Eli das nicht sehen konnte. „Ja." antwortete er knapp. Auch Quentin schien die Luft angehalten zu haben, denn er ließ sie zischend entweichen. „Scheiße!" sagte er in Finn´s Ohr. Doch das holte Finn aus seiner Starre. Er schloss die Tür hinter sich und drehte den Schlüssel herum. Dann hockte er sich vor das ängstliche Mädchen und sah ihr tief in die Augen. „Hi Kleine. Wie heißt du?" fragte er sie leise. „Marie."antwortete das Kind brav. „Ok, Marie. Ich bin Finn. Hör zu, dir wird nichts passieren, OK. Du musst mir nur versprechen, mucksmäuschenstill in diesem Zimmer zu bleiben. Und ich verspreche dir, dass heute der letzte Abend ist, an dem du dich fürchten musst. Ich hole dich hier raus. Versprochen." Finn versuchte das Kind so gut zu beruhigen, wie es ihm in der kurzen Zeit möglich war. Er hatte hier immer noch einen Job zu erledigen. Marie schaute ihn mit großen Augen an und nickte. Dann fing sie an, ihre roten Sandalen zu öffnen, um sie auszuziehen. „Nein. Das hast du falsch verstanden. Ich werde dir nicht wehtun. Ich muss wieder gehen. Aber ich werde dich hier im Zimmer einschließen, damit dir auch niemand sonst etwas tun kann. Du musst nur leise sein. Mehr nicht. Kriegst du das hin?" Finn brach der Schweiß aus und er hoffte, dass die kleine Marie ihn jetzt richtig verstanden hatte. Was musste dieses Kind schon durchgemacht haben? Er erhob sich und unterdrückte das Gefühl aufsteigender Übelkeit. Dann verließ er sein Zimmer und schloss hinter sich ab. Kurz lehnte er sich mit dem Rücken gegen die Tür und atmete tief durch. „Das war heftig." murmelte Quentin in seinem Ohr. „Aber jetzt los. Wir brauchen diese Beweise, Finn. Sonst kriegen wir die Typen nicht dran, die der Kleinen das angetan haben." Quentin hatte Recht. Finn sollte sich besser beeilen. „Hast du das Problem mit den Videos gelöst?" wollte Finn von Quentin wissen. „Klaro. Ich hab jeweils ein paar Minuten aufgezeichnet und lasse jedes Mal, wenn du einen Raum betrittst eine Dauerschleife laufen. Sollte keiner merken." bestätigte der Techniker. Finn war erleichtert, das Quentin auf ihrer Seite stand.

Plötzlich hörte er einen durchdringenden Schrei aus einem der Zimmer, der ihn zusammenfahren ließ. Woher kam das? Finn machte sich sofort auf den Weg, um dem Geräusch auf den Grund zu gehen. Wenn er Glück hatte, kam der Schrei aus einem der offenen Zimmer. Zuerst ging er in das nächstgelegene Zimmer mit der Nummer 5. Es war seinem direkt gegenüber. Auf dem Bett ausgestreckt und mit den Händen und

Füßen an die Bettpfosten gefesselt lag eine hübsche junge Frau mit roten Haaren. Zwei Männer waren in dem Raum und Finn´s Kamera fing gleich ihre Gesichter ein. Der eine Mann kniete zwischen den gespreizten Beinen des Mädchens und hatte seine Finger an ihrem Geschlecht. Der Andere betatschte ihre Brüste und hatte dabei sein steifes Glied in der Hand. Finn blieb einen Moment abwartend stehen und tat so, als wolle er seinen Hosenstall öffnen. Die beiden Männer waren aber anscheinend so sehr gefesselt, dass diese Tarnung gar nicht nötig gewesen wäre. Also lies er seine Hand in die Hosentasche gleiten und zog ein weiteres kleines Gadget heraus, dass Quentin ihm besorgt hatte. Es war ein kleiner Kasten, aus dem zwei Metallkontakte heraus schauten. Auf Druck eines winzigen Feldes an der rechten Seite des Geräts baute sich genug Spannung auf, um einen erwachsenen Mann kurzzeitig zu betäuben. Finn benutzte das Gerät an dem Mann, der ihm am nächsten stand und beobachtet, wie dieser in sich zusammen sackte und auf dem Boden liegen blieb. So schnell er konnte, erledigte er den zweiten Mann auf die gleiche Weise, bevor dieser auch nur ansatzweise reagieren konnte. In seinem Ohrhörer vernahm er einen wilden Fluch von seinem Captain :" Becket, ich schwöre Ihnen, das wird Konsequenzen haben."

Finn kümmerte sich nicht darum und setzte seinen Plan weiter fort. Er band das Mädchen los und nutzte die Seile, um die beiden Männer aneinander zu fesseln. Anschließend steckte er ihnen Knebel in den Mund, damit sie nicht nach Hilfe rufen konnten.

Quentin´s leiser Jubel in seinem Ohr lies ihn kurz lächeln. Er wies das Mädchen an, sich etwas anzuziehen und sich ruhig zu verhalten, bis er sie holen kam. Sie tat, was er von ihr verlangte, auch wenn sie sicher nicht so ganz verstehen konnte, was hier gerade vor sich ging.

Bevor sich Finn der Magen umdrehen konnte verließ er das Zimmer wieder und machte sich auf die Suche nach dem Ursprung des Schreis.

30

Captain Hoock konnte kaum glauben, was er da gerade gesehen hatte. Aber es wunderte ihn auch nicht. Hatte er sich nicht kurz zuvor in seinem Büro noch darüber gewundert, dass Detectiv Becket sich so einsichtig gezeigt hatte. Es hätte ihm da schon klar sein müssen, dass es nicht so einfach sein konnte.

Wann hatte sich dieser nervige Bengel je an seine Anweisungen gehalten, und dann auch noch ohne jede Diskussion?

Er hätte wissen müssen, dass Finneas Becket sich nicht nur auf einen Streifzug durch die Räume machte, um die Männer auf Video zu bannen und die Mädchen, die dort gequält wurden ohne Hilfe zurück ließ.

Er schwor sich wieder einmal, dass er es diesmal nicht bei einer Verwarnung belassen würde. Diesmal musste er Detectiv Becket spüren lassen, was es zur Folge hatte, sich den Befehlen eines Vorgesetzten zu widersetzen. Doch im Augenblick konnte er nichts weiter tun, als tatenlos zu zusehen, wie Finn sich den nächsten Raum vornahm.

Gut, er würde ihn hier über das Headset so weit unterstützen, wie er konnte. Er musste Finn, Elias und die Mädchen heile da raus bringen. Aber hinterher würde er ihm eigenhändig den Hals umdrehen.

Hoock schaltete sein Mikrofon aus, und telefonierte erneut mit dem Einsatzleiter des SWAT-Teams. Warum brauchten die Jungs heute bloß so lange. Wenn er sie rein schicken konnte, bevor Finn weitere Dummheiten anstellte, würde er das tun.

Schließlich war das Special Weapons and Tactics - Team für solche Dinge ausgebildet. Im Gegensatz zu Finn Becket.

„Sag mir wenn du länger brauchst für ein vernünftiges Bild. Aber ich werde zusehen, dass ich so schnell wie möglich diese Zimmer wieder verlassen kann." murmelte Finn in sein Mikro an Quentin gewandt. „Nein, nein. Alles gut. Ich hab was ich brauche." der junge Techniker war mittlerweile nicht mehr ganz so freudig bei der Sache. Kein Wunder, bei allem was er hier mit ansehen musste. In seiner Höhle vor seinen PCs konnte er die Welt vielleicht noch aussperren. Aber live mitten in einer Ermittlung war das nicht mehr so einfach.

Und jetzt?, dachte Finn. Links oder rechts? Er entschied sich für rechts. Der Masterbedroom und auch die Zimmer 7 und 8 lagen dort.

Die Tür zu dem Raum mit der Nummer 7 war angelehnt. Man konnte deutlich ein männliches Stöhnen vernehmen. Als Finn die Tür ein wenig aufschob, um ein besseres Bild zu bekommen, sah er einen dickbäuchigen Mann mit schwarzen Haaren und einem Matrosenhut auf dem Kopf auf der Bettkante sitzen. Vor ihm auf dem Boden kniete ein Mädchen. Sie hatte die blonden Haare zu einem Pferdeschwanz gebunden, den der Typ sich um die rechte Hand gewickelt hatte, um ihren Kopf grob vor und zurück zu bewegen, während sein Penis in ihrem Mund steckte. Ein weiterer Schwall von Übelkeit überfiel Finn so heftig, dass er das Zimmer schnell wieder verlassen musste, sonst hätte er sich gleich hier auf den Boden übergeben. Quentin konnte anscheinend nicht mehr an sich halten. In Finn´s Ohr waren würgende Geräusche zu hören, als er sich in, so wie es sich anhörte, einen Mülleimer übergab. Wut und Ekel kochten in Finn hoch. Zwischen zusammengebissenen Zähnen fragte er:"Geht´s wieder? Wir haben keine Zeit dafür." „Oh mein Gott. Ja. Geht schon. Ich hab die Bilder, die ich brauche." stöhnte Quentin. Finn holte tief Luft und stürmte erneut in das Zimmer. Er zog seine Waffe aus dem Holster unter seinem Jackett und verpasste dem dicken Kerl mit dem Matrosenhut einen kräftigen Schlag gegen die Schläfe, woraufhin dieser sofort ohnmächtig auf dem Bett zusammensackte. Da Finn in dem Raum nichts zum Fesseln finden konnte, beschloss er, die Hose des Matrosen umzufunktionieren. Nach wenigen Handgriffen hatte er den Typen so gekonnt ans Bett gefesselt, wie das Mädchen im vorherigen Raum es gewesen war. Da er sich sicher war, dass das verängstigte Mädchen nicht still im Raum auf ihn warten würde, brachte er sie zu Marie ins Zimmer und schloss wieder hinter sich ab. Für lange Erklärungen hatte er jetzt einfach keine Zeit.

In Zimmernummer 8 ging es noch rauer zu. Auch hier war das Mädchen, das der Gast sich ausgesucht hatte gefesselt. Allerdings an etwas, dass aussah, wie ein großes, schwarzes, mit Leder bezogenes Kreuz. Außerdem hatte sie einen Knebel im Mund. Offenbar, damit sie nicht zu laut wurde, denn der Kerl, den Finn hier antraf schlug gerade mit einer 'neunschwänzigen Katze' auf sie ein. Bei jedem Schlag, zuckte das Mädchen zusammen und die Tränen begannen, in ihre Augen zu treten. Das hier war schon lange kein Spiel mehr, an dem beide Seiten Spaß hatten. Aber darum ging es dem Mann hier auch gar nicht.

Da der aber mit dem Rücken zu Finn stand, hatte er keine andere Wahl, als weiter in den Raum hinein zu gehen. Finn bemerkte andere SM-Werkzeuge, die ordentlich aufgereiht auf dem Bett lagen. Er hatte bei der Hälfte der Sachen keine Ahnung, wofür sie benutzt wurden.So wie es aussah, sollte dieses Mädchen noch eine ganze Weile leiden. 'Das weiß ich zu verhindern' dachte Finn.

Der Mann, der gerade ein weiteres Mal zugeschlagen hatte, drehte kurz den Kopf, als er sich bewusst wurde, dass jemand im Raum war. Er trug eine schwarze Lackkapuze, die sein Gesicht vollständig verhüllte. So ein Mist. Finn versuchte cool zu bleiben, und nickte dem Mann knapp zu. Dieser ließ sich auch nicht weiter aufhalten, und holte schon wieder zum nächsten Schlag aus. Diesmal begann das Mädchen am Kreuz zu wimmern und in ihren Augen konnte Finn das Flehen sehen, dass es bald vorbei sein möge.

Er setzte erneut den Griff seiner Waffe ein, um dem Kerl einen Schlag zu verpassen, bei dem er zu Boden gehen sollte. Doch diesmal traf er offenbar nicht richtig, denn der Typ mit der Kapuze stöhnte nur schmerzerfüllt auf und drehte sich strauchelnd zu ihm herum. Blitzartig zog Finn das Gerät von Quentin hervor und drückte den Auslöser, gerade als der Mann sich auf ihn stürzen wollte. Er zuckte kurz zusammen und fiel dann krachend zu Boden. Angsterfüllt starrte das festgebundene Mädchen ihn an. Finn beruhigte sie, so gut er konnte, löste auch ihre Fesseln und gab ihr die gleichen Anweisungen wie dem Mädchen in dem Raum zuvor. Um den Mann zu fesseln nutzte Finn das lederbezogene Kreuz. Es bereitete ihm einige Mühe, den Kerl hoch zu hieven, doch als er ihn fertig verschnürt hatte konnte er sich ein Lächeln der Genugtuung nicht verkneifen. Er zog ihm die Kapuze vom Kopf und schob auch ihm einen Knebel in den Mund und verließ das Zimmer.

Das Mädchen musste er vorerst hier zurück lassen, doch in Gedanken versprach er ihr, so schnell wie möglich zurück zu kommen und sie da raus zu holen. Von dem Mädchen, dass eben so herzzerreißend geschrien hatte, hatte er noch keine Spur.

„Das war ja mal knapp." kommentierte Quentin in Finn´s Ohr. „Hmm." machte der nur und machte sich auf den Weg zum Ende des Flurs, an dem der Masterbedroom liegen musste.

32

Elias hatte es nach einer ganzen Weile endlich geschafft, sich aus dem großen, gemütlichen Wohnzimmer fort zu stehlen. Unter dem Vorwand, die Toilette zu suchen, hatte er sich auf eine Streifzug durch die Villa begeben. Nach kurzem Suchen fand er die Tür, die hinunter in den Keller führte, den Marissa zuvor erwähnt hatte.

Es war ziemlich dunkel hier unten und roch muffig und abgestanden. Elias fröstelte, nicht nur wegen der Kälte, die hier herrschte, sondern auch, weil er gerade einen dumpfen Knall vernommen hatte. Es hatte sich angehört, als wäre jemand hart auf dem Boden aufgeschlagen.

Vorsichtig setzte er einen Fuß vor den anderen, um kein Geräusch zu verursachen. Seine Waffe hatte er bereits im Anschlag, um nicht von eventuellen Bewachern überrascht zu werden. Die wertvollen Sekunden, die ihn das Ziehen kosten konnte, wollte er nicht verschenken.

Er stand in fast völliger Dunkelheit am Fuß der Treppe und horchte in den Raum hinein. Am rechten Ende des Raumes ging ein schmaler Gang ab, der etwas heller erleuchtet war. Von dort schien auch das Geräusch gekommen zu sein.

Elias war klar, dass er in dem Gang wahrscheinlich keine Deckung mehr finden würde, und noch war er nicht bereit, seine Position preis zu geben. Das Überraschungsmoment konnte noch von Nutzen sein. Er überlegte fieberhaft, wie sich heraus finden ließ, mit wie vielen Gegnern er es zu tun bekommen würde. Und wie er diese leise ausschalten konnte.

Er versteckte sich unter der Treppe und suchte etwas, dass er in den Raum hinein werfen konnte, um die Bewacher des Raumes, zu dem er wollte hervor zu locken. Tatsächlich fand er auch einen alten Baseball, der achtlos in ein Regal geworfen worden war, und dort offensichtlich schon eine ganze Weile vor sich hin schimmelte. Er nahm den Ball an sich, und warf ihn in Richtung einiger großer Kartons, die im Raum standen. Er traf eine der Kisten und der Ball rollte unter einem Tisch aus, der die andere Wand einnahm. Sehr gut, so war die Quelle des Geräusches nicht mehr ausfindig zu machen. Nun hieß es Warten.

Und tatsächlich kam auch eine breitschultriger Mann in schwarzen Cargo-Hosen und dicker Winterjacke mit einer Waffe im Anschlag aus dem Gang. Er sah sich im Zwielicht des Raumes nach der Quelle des seltsamen Geräusches suchend um. Da er nichts finden konnte, signalisierte er einem Kollegen, das alles okay war.

„Dann beweg deinen Arsch wieder hier her. Kane hat gesagt wir sollen die Tür nicht aus den Augen lassen. Marissa hat wohl ein komisches Gefühl heute Abend." kommentierte sein Kollege.

Elias war sich nun sicher, dass vor der Tür, zu der sie wollten zwei Personen mit Handfeuerwaffen standen. Und er war sich sicher, dass Finn´s Gefühl, was Marissa betraf richtig gewesen war. Man konnte ihr nicht trauen. Sie hatte sie verraten.

Da er im Moment nichts ausrichten konnte, und sich auch nicht sicher war, ob er eine Meldung über das Kehlkopfmikrofon machen konnte, ohne von den Gorillas gehört zu werden, verschanzte er sich unter der Treppe und legte sich nach und nach einen Plan zurecht, wie er in den Raum gelangen konnte.

Doch wie er es auch drehte und wendete, er konnte die beiden Männer nicht allein überwältigen. Entweder sie warteten auf das SWAT-Team, wobei sicher ein Schusswechsel stattfinden würde, oder aber er musste Finn irgendwie hier runter, und von seiner Rettungsaktion im Obergeschoss weg kriegen. Elias wusste, dass das utopisch war. Finn würde niemals von seinem Plan ablassen. Und einstweilen waren die Mädchen, die in dem Raum hier unten eingesperrt waren in Sicherheit. Was man von den Mädchen in der ersten Etage, die von Marissa´s Gästen gequält wurden nicht sagen konnte.

Er beschloss, abzuwarten, bis Finn vermeldete, dass er fertig war. Erst dann wollte er seinem Partner Bescheid geben. Ihm jetzt Druck zu machen würde ihn nur unnötig unvorsichtig werden lassen.

33

Es fiel Finn zusehends schwerer seine Wut zu kontrollieren. Er musste an Yela denken. Das rumänische Mädchen wäre sicher über kurz oder lang auch hier gelandet, hätte er sie nicht auf der Versteigerung gekauft und in Sicherheit gebracht. Als Finn das Hauptschlafzimmer betrat, drehten sich gleich ein paar Köpfe in seine Richtung. Bitte recht freundlich, dachte er grimmig und hoffte, dass Quentin alle Gesichter gut drauf hatte. Hier konnte er nichts weiter ausrichten, ohne sich selbst und das Mädchen in Gefahr zu bringen. Seine Hilflosigkeit wandelte sich schnell in Wut.

Die Männer standen alle um das große, mit einem schwarzen Latexlaken bezogenen Bett herum, auf dem ein blondes Mädchen nackt und angekettet lag. Die dünnen Ketten um ihre Handgelenke hatten sich schon in ihre Haut geschnitten und sie blutete. Auch ihre Lippe war aufgeplatzt und unter ihrem linken Auge zeichnete sich ein blauer Ring ab. Jemand hatte sie geschlagen. Über ihre nackte Brust lief das Sperma eines Mannes, der offensichtlich gerade auf ihr gekommen war und sich nun schnaufend vom Bett zurück zog. Gleich darauf trat ein anderer Mann auf das Bett zu und schob sein steifes Glied in den Mund des Mädchens, während er grob seine Hand in ihre Haare krallte, um sie gefügig zu machen. Ein dritter fing an, seinen Finger in ihre Vagina zu stecken und stöhnte dabei laut und tief, während er sich mit der anderen Hand selbst befriedigte. Das Mädchen hatte dabei offenbar Schmerzen, denn sie stöhnte gequält auf. Das heizte die anderen Männer noch mehr an. Ein weiterer Mann zog sich die Hose herunter und kniete sich auf das Bett vor das Mädchen. Um sie zu nehmen schob er die Hand des dritten Kerls ein Stück höher, und dieser kniff brutal die Klitoris des Mädchens, als der andere gewaltsam in sie eindrang. Der Mann, der sich oral befriedigen lassen hatte, zog in dem Moment seinen Penis aus ihrem Mund und spritze ihr die volle Ladung Ejakulat mitten ins Gesicht.

Finn hatte genug gesehen. Er musste hier raus. Es kostete ihn seine ganze Selbstbeherrschung, um nicht zu rennen. „Bitte sagt mir, dass das verdammte SWAT-Team bereit ist. Sonst schlag ich hier alles kurz und klein," presste er zwischen zusammengebissenen Zähnen hervor.

„Sind sie. Sie warten auf das GO. Brennan, wie weit sind sie mit der Befreiung der Mädchen im Keller?" Hoocks Stimme war eine Wohltat in Finn´s Ohren. Er hatte sich noch nie so sehr gefreut, seinen Chef zu hören. Auch dass er offenbar beschlossen hatte, Finn und Elias gewähren zu lassen, und sie erst hinterher ins Gebet zu nehmen dankte er seinem Chef im Stillen.

„Ich bin im Keller, aber hier stehen zwei Wachen. Noch haben sie mich nicht gesehen, aber ich könnte etwas Hilfe gebrauchen." drang Elias Stimme leise in Finn´s Ohr. Fast hätte er Elias nicht verstanden, so leise sprach der. „Ich bin gleich bei dir. Eine Minute." erwiderte Finn. Er hatte eigentlich vorgehabt, auch noch in die verschlossenen Räume zu gehen, und die Mädchen dort zu befreien. Sie sollten nicht unnötig lange leiden. Doch jetzt musste er das wohl oder übel doch dem SWAT-Team überlassen, denn ihm lief die Zeit davon.

Er hoffte, dass unten im Wohnzimmer gerade niemand war. Denn sonst müsste er erklären, warum er nicht in seinem Zimmer mit der kleinen Marie beschäftigt war. Einerseits machte es Finn wirklich wütend, dass Marissa ihn hier als Pädophilen abstempelte. Andererseits hoffte er, dass sie das Mädchen nur in Sicherheit bringen wollte. Denn in Finns Obhut konnte ihr nichts geschehen. Und nachdem, was er gerade in den anderen Zimmern gesehen hatte, wollte er sich gar nicht vorstellen, was sie mit Marie gemacht hätten.

Ein Zimmer, das nicht verschlossen war fehlte Finn noch. Das Zimmer mit der Nummer 2. Es lag auf seinem Weg zum Wohnzimmer, und so beschloss er, dass Elias noch einen Moment warten musste. Jeder Moment, in dem die Mädchen nicht leiden mussten, war es Wert und sein Partner schien für den Moment in Sicherheit zu sein.

Zimmernummer 2 war stark abgedunkelt. Der Typ, der mit dem Rücken zur Tür vor dem Bett stand, hatte Finn beim Eintreten nicht bemerkt. Er holte gerade aus und schlug mit der Faust in das Gesicht eines brünetten Mädchens, dass von seinem Körper verdeckt offenbar vor ihm stand. Sie schrie gequält auf und Finn´s Magen zog sich zusammen. Das Elektroschockgerät, das er von Quentin hatte war leer. Für die dritte Ladung hatte es schon kaum noch ausgereicht. Und Finn konnte nicht riskieren, wieder einen Schlag mit der Waffe zu versauen. Er spannte den Hahn der Waffe und hielt dem Mann von hinten die Mündung an den Kopf. Dann flüsterte er so gefährlich wie er konnte direkt neben seinem Ohr:" Ein Mucks, und ich verteile dein Hirn auf der Wand gegenüber." Zitternd ließ der Mann von dem Mädchen ab und hob die Hände. „Gib mir etwas, womit ich den Kerl fesseln kann," befahl Finn der Kleinen und obwohl sie schon recht benommen wirkte, beeilte sie sich, seiner Anweisung folge zu leisten. Kurz darauf saß der Kerl verschnürt in einer dunklen Ecke des Raumes und konnte sich nicht mehr rühren. Finn begutachtete kurz die Blessuren im Gesicht des Mädchens, und gab ihr die selben Anweisungen, wie den Anderen. Sie nickte erschöpft und kauerte sich in die Ecke des Raumes, die am weitesten von dem verschnürten Kerl entfernt war.

Finn kniete sich noch einmal vor ihn, bevor er den Raum verließ und flüsterte ihm zu:" Solltest du auch nur darüber nachdenken, dich los zu machen und Hilfe zu holen, komm ich wieder und mach dich kalt." Finn meinte jedes seiner Worte todernst. Er versicherte sich mit einem Blick in die Augen des Mannes, dass dieser verstanden hatte und machte sich auf den Weg zu Elias.

34

Finn schlich die Treppe zum Wohnzimmer so leise wie möglich hinunter. Das Wohnzimmer war verlassen. Offenbar hatte sich Marissa mit ihrem Boss Michael Kane in das Arbeitszimmer zurück gezogen. Zumindest vernahm Finn aus der Richtung Stimmen und gedämpftes Stöhnen. Da er von Natur aus neugierig war, konnte er einfach nicht anders. Er musste nachsehen, was in dem Raum vor sich ging. „Ähm, zum Keller geht es aber dahinten lang," kommentierte Quentin über den Ohrhörer. „Scht. Ruhe jetzt." blaffte Finn ihn an.

Die Tür zum Büro war nur angelehnt. Vorsichtig schob Finn sie ein kleines Stück weiter auf, um besser sehen zu können. Die Monitore an der hinteren Wand zeigten tatsächlich Livebilder aus den Zimmern, wie Finn schon vermutet hatte. Wobei, live waren diese Bilder nicht mehr. Quentin hatte ganze Arbeit geleistet, denn hätte Finn nicht gewusst, dass in vier der acht Räume verschnürte Kerle saßen und nicht mehr so lustig Mädchen quälten, er hätte es nicht vermutet. Die Dauerschleifen liefen übergangslos und ohne Fehler.

Der Monitor auf dem Tisch zeigte den Masterbedroom, in dem sich weiterhin mehrere Männer an dem jungen blonden Mädchen vergingen. Auf einem der unteren Bildschirme sah Finn Marie immer noch brav auf dem Bett sitzen und sich selbst, wie er vor ihr kniete um mit ihr zu reden. Das Finn schon ein weiteres Mädchen in dem Raum untergebracht hatte, hatte Quentin auch hier gekonnt verschleiert.

Mit dem Rücken zu ihm saßen Marissa und Kane auf einem Sofa und genossen die Show, während sie bei einem Glas Champagner leise plauderten. Und wenn Finn nicht alles täuschte, hatte Kane seine Hand unter Marissa´s Kleid geschoben. Doch das konnte er von seiner Position an der Tür nur erahnen. Aber es reichte Finn für´s erste. Er hatte genug gesehen und wollte sich nun beeilen, seinem Freund zu helfen.

„Diese falsche Schlange," zischte Quentin. „Wer? Was macht ihr denn da so lange?" flüsterte nun Elias. „Erzähl ich dir später. Ich bin jetzt auf dem Weg zu dir." flüsterte Finn. Mit wenigen Schritten hatte er das leere Wohnzimmer durchquert und die Treppe zum Keller gefunden.

So leise wie möglich schlich er hinunter und wartete im halbdunkel einen Moment, bis sich seine Augen an die Dunkelheit gewöhnt hatten und er wieder sehen konnte. Als er am Fuß der Treppe angekommen war, schloss sich eine Hand von hinten um seinen Mund und seine Arme und zog ihn mit aller Gewalt zurück. Finn wollte sich schon wehren, doch er merkte schnell, dass er in Elias festem Griff gefangen war. Er nickte, um ihm zu zeigen, dass er verstanden hatte und Elias ließ ihn los und bedeutete ihm, leise zu sein. Dann zeigte er auf eine Ecke im Kellergang und flüsterte:"Gleich da vorne stehen die beiden Typen, die unsere Tür bewachen. Ich dachte einer von denen geht vielleicht mal auf´s Klo oder sowas, aber nix da. Wir sollten sie so leise wie möglich erledigen." „OK, was schlägst du vor?" Finn nickte Elias zu. „Wir nutzen die Kisten, die da vorne stehen als Deckung und locken sie hier her. Der Gang ist ein Engpass, da kriegen wir sie niemals leise erledigt." Offensichtlich hatte Elias schon genug Zeit gehabt, sich einen Plan zurecht zu legen. Finn stimmte ihm zu und schlich leise hinter die vorgeschlagene Deckung. Elias atmete tief durch und machte Lärm, als wäre er gerade die Treppe heruntergefallen. Die beiden Männer kamen auch gleich mit gezogenen Waffen um die Ecke gelaufen, als Elias sich zur Tarnung den Staub von der Hose wischte und sagte:"Mann, das war wohl ein Glas zu viel..."

Unvorsichtig geworden senkten die Männer die Waffen. Einer von ihnen ging auf Elias zu und sagte:"Sie dürfen sich hier unten nicht aufhalten. Bitte gehen sie wieder hoch." In dem Moment sprang Finn aus seiner Deckung und erledigte Bodyguard Nummer 1 mit einem gekonnten Schlag mit dem Griff seiner Waffe. Er sackte zu Boden und blieb bewusstlos liegen. Auch Elias hatte sich einen der Männer geschnappt und drückte ihm im Schwitzkasten langsam die Luftröhre ab. Auf Grund des Sauerstoffmangels brach auch der Mann zusammen und stand nicht wieder auf.

„Geschafft." kommentierte Finn für Quentin und Hoock und winkte Elias zu sich, um die Tür zu öffnen. Dieser steckte noch schnell die Waffen der beiden Muskelmänner ein und folgte Finn.

Tatsächlich war der Raum, in dem sich wohl die übrigen Mädchen befanden mit einem elektronischen Schloss verriegelt. Elias hielt die schwarze American Express Karte vor das Schloss und auf dem Display begannen Zahlenkombinationen durchzulaufen. Nach ein paar Sekunden klackte es im Schloss und die Tür sprang einen Spalt breit auf. Wunder der Technik, dachte Finn und hörte den leisen Jubel Quentin´s in seinem Ohr. Finn wechselte einen belustigten Blick mit Elias und schob die Tür weiter auf. Der Raum war mit einer nackten Glühbirne beleuchtet und überall lagen Matratzen herum. In einer Ecke war eine Toilette an der Wand, die allerdings keinerlei Privatsphäre bot. Bestimmt 15 Mädchen waren in dem Raum und hielten sich gegenseitig im Arm. Sie zitterten vor Angst.

„Oh mein Gott," stöhnte Quentin wieder einmal in Finn´s Ohr. „Keine Angst," sagte Finn. „Wir sind von der Polizei. Wir bringen euch jetzt hier raus. Aber wir müssen leise sein, damit uns niemand erwischt. Schafft ihr das?" Die Mädchen rund herum nickten. „Eli, du musst das machen." Eindringlich sah Finn seinem Freund in die Augen. „Und was hast du vor? Das SWAT-Team stürmt gleich. Du kannst nicht alle retten." Elias war ganz und gar nicht wohl dabei, seinen Partner hier zurück zu lassen. „Ich hole Marie und die anderen und bringe sie hier raus. Ich kann sie nicht zurück lassen." Elias sah den gequälten Ausdruck in Finn´s Augen und er konnte seinen Freund verstehen. „Ok. Aber keine Umwege. Beeil dich. Wir gehen durch das Kellerfenster dort hinten raus und bringen die Mädchen über die Mauer auf der rechten Seite des Gebäudes in Sicherheit. Ich erwarte dich da in 5 Minuten. Bist du nicht da, komm ich dich holen und schleife dich zur Not auch an den Haaren hier raus. Hast du das verstanden?" willigte er nun ein. „Hab ich verstanden. Danke." bestätigte Finn und nickte eifrig.. Und er war seinem Partner wirklich unendlich dankbar. Ohne ihn wäre die ganz Aktion hier nicht möglich gewesen.

„Becket, vergessen sie es! Ich hatte doch gesagt, keine Heldentaten! Sie kommen da sofort raus!!! Das ist ein Befehl!" dröhnte Hoocks Stimme nun über die Ohrhörer in ihren Ohren. „Tut mir leid, Chef, aber die Verbindung ist hier unten im Keller ganz furchtbar schlecht," grinste Finn und nahm den Ohrhörer heraus um den lauten Flüchen und Verwünschungen seines Chefs zu entgehen. Elias schüttelte nur amüsiert den Kopf. „Der bringt dich nachher höchst persönlich um."

Elias wandte sich zu den Mädchen um und bedeutete ihnen, ihm leise zu folgen. Finn machte auf dem Absatz kehrt und beeilte sich, in das Zimmer mit der Nummer 4 und die obere Etage zurück zu kommen.

35

Quentin war schon eine ganze Weile sehr still gewesen. Dafür tippte er umso wilder auf seiner Tastatur herum und überließ Hoock die Kommunikation mit Finn und Elias. Hin und wieder murmelte er leise vor sich hin oder gab ein grunzendes Geräusch von sich. Sein Mikro hatte er kurzerhand auf Stumm gestellt, hörte über sein Headset aber noch sehr genau zu, was Finn und Elias vorhatten.

Irgendetwas passte hier ganz und gar nicht zusammen. Er hatte noch nie so große Datenmengen von einem WIFI-Signal abgehen sehen. Zumal fast genauso viele herein kamen. Die Männer in den Schlafzimmern waren alle schwer beschäftigt, und zwar nicht damit, sich den neuesten Blockbuster herunter zu laden.

Auf Quentin´s Monitoren lief der Feed der Überwachungskameras, und zwar in Echtzeit. Als wenn es nicht schon schlimm genug für ihn gewesen war, sich die Bilder von Finn´s Kamera reinziehen zu müssen.

Sein Abendessen, was wieder einmal nur aus zwei Bic Mäcs und ein paar Pommes Frites bestanden hatte, hatte er bereits in einen nahe stehenden Mülleimer gekotzt. Immer noch fühlte er sich hundeelend. Aber anders konnte er den Videofeed nicht umleiten, um eine Dauerschleife auf die Monitore in dem Arbeitszimmer zu projizieren, in dem sich Kane und Marissa aufhielten.

Plötzlich fiel es Quentin wie Schuppen von den Augen. Er überprüfte noch kurz seine Theorie und stellte fest, dass er richtig gelegen hatte. Marissa und Kane streamten jedes einzelne Zimmer ins Darknet. Gegen Bezahlung. So konnten sie bei diesen Partys doppelt abkassieren, und die Männer in den Schlafzimmern, die die Mädchen quälten und vergewaltigten hatten sicher keine Ahnung davon, dass sie hier gerade zu Stars in illegalen Pornofilmen wurden.

Quentin wusste, dass dies nicht der richtige Moment war, um Finn oder Hoock über diese Erkenntnis zu informieren, aber sicherheitshalber hackte er sich in einen Account auf der Seite im Darknet, um einen kostenlosen Zugang zu behalten. Das würde ihnen später noch nützlich sein.

Als er damit fertig war, sah er noch einmal auf den Feed, den er in das Arbeitszimmer der Villa sandte und ihm stockte der Atem. „Verfluchte Scheiße!" Blitzschnell schaltete er sein Mikrofon wieder an. „Finn, hörst du mich?" Keine Antwort. Soweit Quentin mitbekommen hatte, wollte Finn wieder in das Obergeschoss, um die Mädchen aus den Zimmern zu holen, bevor das SWAT-Team stürmte. Doch Finn hatte keine Ahnung davon, dass das Signal des Videofeeds nicht mehr in Dauerschleife lief, sondern wieder ein

Livebild war. „Finn, verdammt, antworte mir!" schrie Quentin in sein Mikrofon.

36

Der Weg vom Keller zu seinem Zimmer war ein Klacks. So etwas ähnliches hatte Finn schon tausend Mal gemacht. Der Rückweg mit Marie und den Anderen im Schlepptau würde heikler werden.

Er bemühte sich, so leise wie möglich den Gang entlang zu kommen, um den Mädchen in ihren Zimmer das Zeichen zum Aufbruch zu geben. Wenn sie sich beeilten, konnten sie Elias und die 15 Mädchen aus dem Keller noch erwischen. Die meisten Kerle, die Finn ausgeschaltet hatte waren immer noch bewusstlos. Die Mädchen reagierten schnell und machten sich leise und zügig auf den Weg zurück in den Keller. Sie kannten den Weg und das Wohnzimmer schien wohl noch leer zu sein. Im Übrigen waren sie alt genug, dass Finn ihnen zumuten konnte, ihren Weg allein zu finden, da er wusste, dass Elias sie unten erwarten würde. Im übrigen hielt er ihre Chancen für Größer, unbemerkt in den Keller zu gelangen, wenn sie einzeln unterwegs waren. Bei Marie und dem anderen Mädchen sah das ganz anders aus.

Finn schloss die Zimmertür auf und machte sie hinter sich wieder zu. Er versuchte, sich so normal wie möglich zu verhalten, jetzt da er wusste, dass er beobachtet wurde. Er schlenderte zu der kleinen improvisierten Bar hinüber und goss sich einen doppelten Whiskey ein. Dabei plauderte er mit Marie, und dem anderen Mädchen als wolle er ihnen nur die Angst nehmen. Was ja auch stimmte.

In seinem Kopf liefen gleichzeitig tausend verschiedene Szenarien ab, wie er die beiden Mädchen herausbringen könnte, doch ihm fiel keine unauffällige Lösung ein. Also beschloss Finn zu handeln, und auf das Beste zu hoffen.

Er hockte sich vor Marie und flüsterte leise:"Pass auf, meine Kleine. Ich bringe euch jetzt hier weg, damit keiner dieser Männer euch mehr etwas tun kann. Es könnte aber ein wenig ungemütlich werden, wenn sie uns erwischen. Ich möchte, dass egal was passiert, ihr nicht aufhört zu laufen. Hast du das verstanden?" Marie sah ihn mit großen Augen an und nickte. „Da draußen wartet ein Freund von mir. Er heißt Elias. Wir drei werden so schnell wie möglich zu Elias laufen. Er holt uns hier raus. Versprochen! Ihr dürft nur nicht Stehen bleiben." Noch einmal nickte Marie Finn zu. Dann nahm Finn einen tiefen Atemzug und zog seine Waffe aus dem Holster unter dem Jackett hervor. Marie wich ein Stück zurück, sagte aber immer noch kein Wort. „Keine Angst. Die ist nur für die bösen Männer." Finn zwinkerte ihr zu und lächelte sie so entspannt wie möglich an. Er wollte ihr wirklich keine Angst machen, aber die Waffe ließ sich jetzt nicht mehr vermeiden.

Er nahm die Waffe in die rechte, Maries Hand in die linke Hand und öffnete die Tür des Zimmers. Das zweite Mädchen hatte sich an Marie´s anderer Hand festgekrallt. „Verdammte Scheiße,"hörte er aus dem herunterbaumelnden Ohrhörer. Er steckte ihn sich schnell wieder in das Ohr und fragte gehetzt:"Was heißt 'Verdammte Scheiße'? Verflucht, Quentin, was ist los?" Von unten aus dem Wohnzimmer waren Stimmen zu hören. Finn glaubte, Marissa und Kane miteinander reden zu hören. „Ich hab die Verbindung zu den Kameras verloren. Ich glaube du bist aufgeflogen. Tut mir echt leid, man," erklärte Quentin zerknirscht. Finn stieß einen Fluch aus und besann sich dann darauf, dass er zwei kleine Mädchen bei sich hatte. „Ist jetzt nicht mehr zu ändern. Wo soll ich lang? Hast du ´nen Vorschlag?" „Nein, tut mir leid. Ich arbeite noch dran." Im Hintergrund konnte man Quentin´s hektisches Klackern auf der Tastatur hören. Dann sagte Hoock an Quentin gewandt gedämpft in Finn´s Ohr:"Holen sie ihn da raus."

Finn dachte fieberhaft nach. Hier oben musste es ein Badezimmer geben. Vielleicht könnten sie über das Fenster entkommen, dachte Finn. Da er gut die Hälfte der Türen schon bei seinem ersten Gang über den Flur geöffnet hatte, war die Auswahl jetzt nicht mehr so groß. Er wusste, dass es im Hauptschlafzimmer ein Bad en suite geben musste, aber das war keine Option. Er konnte Marie und das andere Mädchen unmöglich da durch schleusen.

Nachdem er an zwei Türklinken vergeblich gerüttelt hatte, öffnete sich die Dritte mit einem leisen Quietschen. Endlich, das Bad. Finn schloss die Tür und verschloss sie hinter sich. Nach einem Blick aus dem Fenster war ihm aber schnell klar, dass er mit den zwei Mädchen hier wohl kaum entkommen könnte. Sie befanden sich bestimmt 4 Meter über dem Boden und unter ihnen befand sich die gefliese Terrasse. Er war sich nicht einmal sicher, dass er es ohne gebrochenen Knöchel geschafft hätte hier herunter zu springen, geschweige denn die Mädchen.

Denk nach Finn, dir muss etwas einfallen. Verzweifelt fummelte er an dem Ohrhörer herum und funkte Quentin an:"Quentin, tu mir den Gefallen und sag mir, dass ich hier oben nicht mit den letzten zwei Mädchen in der Falle sitze." „Finn, es tut mir leid. Ehrlich." Quentin wirkte ehrlich verzweifelt. „Keine Zeit für sowas" mahnte ihn Finn. „Wo lang, Quentin? Sag mir was." „Ich glaube, bei allem was ich bislang über die Kamera gesehen habe, bleibt dir nur der Keller. Das Obergeschoss ist zu hoch zum Springen. Und was ist mit dem Wohnzimmer?" „Zu viele Leute. Das ist ja das Problem. Sie haben auf den Monitoren gesehen, dass ich mit Marie das Zimmer verlassen habe. Und jetzt warten sie im Wohnzimmer auf uns. Und ich möchte mich nicht auf Marissa verlassen müssen." „Verstehe. Vielleicht kann ich von hier aus ihre Sprinkleranlage hacken, oder wenigstens den Feueralarm." „Nein! Zu laut. Das SWAT-Team könnte in dem Durcheinander, was dann entsteht nicht mehr arbeiten." „Tut mir leid,

Finn. Aber dann musst du da wohl durch. Entweder über die Terrasse oder durch den Keller. Eine andere Chance sehe ich nicht." Finn seufzte resigniert. „Ja ich auch nicht."

Finn kniete sich vor die Mädchen und sah Marie ernst in die Augen: „Marie, ab jetzt wird es ungemütlich. Hör mir also gut zu. Du warst in diesem Keller eingesperrt, erinnerst du dich?" Marie nickte. „Am Ende des Ganges, wo das Zimmer war, ist ein offenes Fenster. Sollte mir irgendetwas passieren, müsst ihr da durch klettern, und über den Rasen zur Mauer laufen. Dann läufst du zum Meer hinunter. Dort wird mein Freund Elias auf dich warten. Hast du das verstanden?" Wieder nickte Marie. Finn hoffte inständig, sie verstand seine Sprache. Denn erst jetzt fiel ihm ein, dass all diese Mädchen wahrscheinlich aus Europas Ostblock hier her gebracht wurden. Marie war 10 Jahre alt. Hoffentlich hatte man ihr nicht nur beigebracht, auf jede Frage die ihr gestellt wurde zu nicken.

„Gut. Dann kommt. So schnell und leise wie möglich. Bleib ganz dicht hinter mir und nicht stehen bleiben!" Er legte den Finger an die Lippen, denn das verstanden die Mädchen hoffentlich auch ohne Sprachkenntnisse. Sie schlichen gemeinsam vom Bad zur Treppe und Finn versuchte hinunter zu spähen. Stimmen waren vom Wohnzimmer aus nicht mehr zu hören, was er als gutes Zeichen verbuchte. Trotzdem waren Marissa und Kane wahrscheinlich nicht weit weg. Auf Zehenspitzen schlich er mit den Mädchen die Treppe hinunter und entschied sich spontan, den Fluchtweg über die Terrasse zu nehmen. Es erschien ihm einfach kürzer.

Leise schob er die Tür auf und trat nach draußen. Es wehte ein eisiger Winterwind vom Meer herüber und die kleinen Mädchen fing fast augenblicklich an zu zittern. Ohne lange nachzudenken zog Finn seine Jacke aus und legte sie dem Mädchen um die Schultern. „Was ist das denn für ein seltsames Bild?" hörte er Quentin in seinem Ohr fragen. „Ich hab Marie die Jacke angezogen. Sie friert hier draußen erbärmlich. Du kannst die Aufnahme auch abschalten. Wir haben es fast geschafft." erklärte Finn seinem Technikfreund. „Oki Doki." kommentierte dieser erleichtert. „Gut, dann beweg jetzt deinen Hintern hier her. Aber dalli!" hörte Finn nun Elias Stimme. Er grinste Marie an und fragte sie:"Lust auf ein Wettrennen?" Das war das erste Mal, dass Marie ihn wirklich anstrahlte. Offenbar verstand sie doch mehr, als Finn angenommen hatte. Er zeigte auf das Ende der Mauer an der rechten Seite des Grundstücks und sagte zu ihr:" Auf die Plätze, Fertig, Los!" Die beiden Mädchen liefen los, wie der Wind und Finn hinter ihnen her. Sie liefen durch die eiskalte Nacht und Finn achtete sehr genau drauf, dass Marie die vorgegebene Richtung einhielt. Der Rasen war matschig, und Marie´s rote Sandalen schon nach den ersten Schritten völlig durchnässt. Sie hatten beinah die Hälfte des riesigen, dunklen Grundstücks hinter sich gebracht, als ein Schuss durch die Nacht knallte. Marie blieb wie angewurzelt stehen und Finn

schrie sie an:"Lauft weiter! Nicht stehen bleiben!"
Dann brach er zusammen. Schmerzwellen zogen durch
seinen Körper und erst konnte er gar nicht so genau
sagen, wo er getroffen worden war. Als er versuchte,
sich wieder auf zu setzen zuckte eine neue Welle des
Schmerzes von seinem Bauch aus in alle Winkel seines
Oberkörpers und er sah, wie sich ein Blutfleck auf
seinem weißen Hemd ausbreitete. „Fuck!" schrie er in
die Nacht und Quentin rief aufgeregt in seinem
Ohr:"Er ist getroffen. Hilf ihm doch jemand. Holt ihn da
raus!" „Eli, hol dir zuerst die Mädchen. Bring sie hier
weg." befahl Finn seinem Partner. „Schon unterwegs."
kam die knappe, angespannte Antwort.

Ein weiterer Schuss war zu hören und Finn hoffte
inständig, dass Marie oder die Andere nicht getroffen
worden waren. Es war so dunkel, dass er die Hand vor
Augen kaum sah, und die Mädchen schon gar nicht.
Finn drückte die Hand auf die Schusswunde an seinem
Bauch und versuchte erneut, aufzustehen, was ihm
aber wieder kläglich misslang. Er hatte schon jetzt
nicht mehr genug Kraft, sich auch nur
aufzurichten.Und die Blutung war so auch nicht zu
stoppen. Bitte, Marie. Hör nicht auf zu laufen, dachte
Finn noch, und dann umfing ihn eine tiefe Dunkelheit,
wie er sie noch nie zuvor gespürt hatte.

Marissa Moreau lies die Pistole sinken. Sie war sich sicher, dass sie diesen Becket getroffen hatte, denn sie war einen ausgezeichnete Schützin.

Kane, der neben ihr stand, sah sie fragend an:"Und was jetzt? Wollen wir ihn da liegen lassen?" „Der läuft uns schon nicht weg. Wir allerdings sollten machen, dass wir unsere Sachen packen. Das SWAT-Team sollte bald hier sein." Sie beeilte sich, zurück in das kleine Arbeitszimmer zu kommen, um ihren Laptop und das Lesegerät zu holen. Auf dem Speicher des kleinen Computers waren sämtliche Bankdaten der Kunden gespeichert und es wäre ein leichtes für sie und Michael so an die Kohle heran zu kommen. Es sollte reichen, um in einem Land ohne Auslieferungsabkommen eine Weile leben zu können.

Sie hatte nicht vorgehabt, den jungen Detectiv zu erschießen. Hätte er sich an ihren Plan gehalten, wäre sie schon längst verschwunden gewesen, wenn das Siegerteam die Villa gestürmt hätte. Aber dieser Bastard musste ja alles anders machen.

Als sie heraus fand, dass sie die ganze Zeit nur auf eine Videoschleife geschaut hatte, während sie mit Kane auf der Couch am fummeln war, wusste sie sofort was oben abging. Die gefesselten Männer in den Zimmern sprachen Bände. Das konnte nur Finn Becket´s Arbeit gewesen sein. Das hieß aber auch, dass er noch im Haus war. Ihr war klar, dass sie ihn loswerden musste. Und hatte sie ihn nicht gewarnt? Hatte sie ihm nicht noch an diesem Abend gesagt, dass wenn sie sich entscheiden musste, würde sie immer nur sich selber wählen.

Also schnappte sie sich nach einem kurzen Blick auf ihren Laptop, der ein Überwachungsbild aus dem Wohnzimmer zeigte, in dem Finn gerade mit den beiden kleinen Mädchen durch die Terrassentür verschwinden wollte, ihre Pistole und schlich geduckt zur Tür.

Finn war schnell. Er hatte schon fast das halbe Grundstück durchquert, was sie ihm mit den Kindern im Schlepptau gar nicht zugetraut hätte. Sie musste schnell handeln. Ohne zu zögern feuerte sie zwei Schüsse ab, obwohl sie wusste, dass bereits der erste tödlich getroffen hatte.

Jetzt gab es nur noch Kane und sie. Und das war gar nicht mal so schlecht. Sie mochte Michael. Auch wenn sie nicht gerade von Liebe sprechen würde. Aber wenn sie genug von ihm hätte, würde sie ihn schon irgendwie loswerden. Einstweilen brauchte sie ihn aber noch. Er verfügte über ein Boot, welches direkt am Haus vor Anker lag und über einen Privatjet, der sie beide hinbringen konnte, wo sie wollte. Und das Wichtigste war, er fraß ihr aus der Hand.

38

Elias Brennan rannte, was das Zeug hielt. Entgegen der Anweisung des Einsatzleiters des SWAT-Teams war er über die Mauer auf das Grundstück zurück geklettert und hatte sich auf die Suche nach seinem Freund gemacht. Er war noch nicht weit gekommen, als er das kleine Mädchen sah, dass direkt auf ihn zu rannte, Tränen in den Augen und am ganzen Leib zitternd. Er schnappte sie und lief so schnell er konnte zurück zur Strickleiter, die das SWAT-Team über die Mauer geworfen hatte, um ihm und den anderen Mädchen vom Grundstück zu holen. Marie hatte Angst, und trat um sich. Doch Elias lies sie erst los, als er sie vor der Strickleiter absetzte. „Hoch da, Kleine." befahl er ihr schroff und versuchte, sie mit seinem Körper abzuschirmen, so gut er konnte. Vorhin hatte er sich vom Einsatzleiter eine Kevlarweste geben lassen und diese angezogen. Nur für alle Fälle. Und jetzt war dieser Fall eingetreten. Ungeduldig sah er dem kleinen Mädchen dabei zu, wie sie sich mit der Strickleiter abkämpfte. Aber sie biss sich durch und kletterte immer höher. Elias dachte an Finn, zu dem der Funkkontakt abgebrochen war, kurz nachdem er Elias angewiesen hatte, zuerst die Mädchen zu retten. So ein Sturkopf. Aber er würde seinen besten Freund nicht hier zurück lassen. „Ihr habt das GO. Stürmt das Haus!" schrie er über die Mauer in der Hoffnung, dass die Ablenkung von der Vorderseite des Hauses ihm etwas Zeit verschaffen würde, Finn aus dem Garten zu holen. Dann rannte er so schnell er konnte in die Richtung, aus der das kleine Mädchen gerade gekommen war. Als er die junge Frau fand, die sich auf den Boden gekauert hatte, als sie Marie aus den Augen verloren hatte, wiederholte er die Prozedur, und zerrte auch sie zur Strickleiter. Jetzt konnte er sich endlich um seinen besten Freund kümmern. Elias rannte, als ginge es um sein eigenes Leben. Aber das tat es nicht. Es ging um Finn´s Leben. Und das war ihm beinah genauso wichtig.

Bevor er die Hälfe des Grundstücks überquert hatte, fand er Finn auf dem Boden liegend. Sein ehemals weißes Hemd war blutgetränkt und er war mit Erde und Rasen beschmiert. Und bewusstlos, stellte Elias fest. „Hey, Becks. Nicht schlapp machen, hörst du?" schrie er ihn an und sah sich dabei hektisch suchend nach dem Schützen um. Weit und breit war niemand zu sehen. Sogar die Terrassentür war wieder verschlossen. Das Haus lag völlig still und normal da.

„Das SWAT-Team ist drin. Von jetzt an solltest du freie Bahn haben. Bitte hol Finn da raus." informierte Quentin ihn über den Ohrhörer. „Was glaubst du, was ich hier mache!" murrte Elias in sein Mikro. Er hob seinen Partner mühelos vom Boden auf und legte ihn sich über die Schulter. Dann beeilte er sich, aus dem Garten zu entkommen. Finn musste schnell ärztlich behandelt werden. Er hatte viel Blut verloren, das war Elias klar. Und wenn nicht er nicht bald Hilfe bekam, würde er hier sterben. „Fordere einen Rettungswagen an, Quentin. Finn stirbt!" schrie er in sein Kehlkopfmikrofon während er keuchend zurück zur Strickleiter lief. „Schon längst erledigt! Beeil dich. Sie müssten gleich da sein." Wieder einmal war Quentin ihnen drei Schritte voraus.

An der Strickleiter angekommen, wartete schon ein Mann vom SWAT-Team oben auf der Mauer auf Elias und Finn. Gemeinsam hoben sie den bewusstlosen Körper des jungen Polizisten über die Mauer, als auch schon die Sirene des Krankenwagens zu hören war. Sie legten ihn direkt vor der Mauer auf dem Boden ab und Elias drückte mit aller Kraft auf Finn´s Wunde, um die Blutung zu stoppen. Marie, die eben noch bei den anderen Mädchen in einem Einsatzbus gesessen hatte, kam sofort angelaufen. Doch Elias wollte nicht, dass das Mädchen das sah. Sie hatte weiß Gott schon genug durchgemacht. Er wies eine Polizistin an, das Mädchen zurück zu bringen und auf sie aufzupassen. Dann kümmerte er sich wieder um seinen Freund. Noch nie hatte er so viel Angst um ihn gehabt. Denn egal, wie sehr Finn sich auch in die Scheiße ritt, er fand auch immer wieder einen Weg heraus. Elias hoffte und betete, dass das auch diesmal der Fall sein möge. So recht daran glauben konnte er gerade nicht, als er spürte, wie ihm das warme, rote Blut seines Freundes aus der Schusswunde durch die Finger rann.

Als die Sanitäter nach einer gefühlten Ewigkeit endlich ankamen, scheuchten sie Elias als erstes weg von Finn.

Sie brauchten Platz um ihre Arbeit zu machen. Mit geübten Handgriffen versorgten sie den Patienten und verfrachteten ihn auch in Windes Eile in des Rettungswagen, um ihn in ein Krankenhaus zu bringen. Für Elias gab es keine andere Option, als im Rettungswagen mitzufahren. Nein, er würde seinen besten Freund niemals im Stich lassen.

Elias hasste den Geruch von Desinfektionsmittel. Und auf dem kalten, weißen Krankenhausflur roch es überall danach. Er tigerte ruhelos auf dem Gang vor den Türen zum Operationsbereich auf und ab, weil er einfach nicht still da sitzen konnte, während sein Freund drinnen um sein Leben kämpfte. 'Nicht aufgeben. Wag es ja nicht, aufzugeben.' dachte er immer wieder. Wie ein Mantra lief der Satz durch seine Gedanken. Als könnte er Finn so telepathisch eine Nachricht zukommen lassen.

Finn lag schon länger als eine Stunde im OP. Der leitende Unfallchirurg hatte nach einem kurzen Blick auf ihn sofort eine Not-OP angesetzt. Elias kam es allerdings vor wie eine Ewigkeit.

Als er gerade wieder die Richtung wechselte, kamen Captain Hoock und Quentin um die Ecke gelaufen. Der junge Techniker wirkte völlig erledigt, Hoock sah man nicht an, was in ihm vorging. Nur wer ihn gut kannte, bemerkte den besorgten Gesichtsausdruck. „Wie geht es ihm?" verlangte der Captain von Elias zu wissen. „Keine Ahnung. Sie operieren ihn noch. Keiner sagt mir etwas. Aber er hatte verdammt viel Blut verloren." Elias wischte sich verzweifelt mit der Hand über die müden Augen. Dabei fiel ihm auf, dass seine Finger immer noch blutverschmiert waren. Das war Finn´s Blut. „Entschuldigt mich. Ich glaube ich sollte mir mal eben die Hände waschen. Holt mich sofort, wenn es was Neues gibt." Eindringlich sah er Quentin dabei an. „Gut gemacht, übrigens. Hättest du nicht so schnell reagiert wäre Finn vermutlich schon tot." Quentin errötete, denn Lob war er nicht gewohnt. Ohne auf eine Antwort zu warten drehte Elias sich weg und machte sich auf dem Weg zu den Toiletten. Während er sich das Blut von Händen und Gesicht wusch wanderte sein Blick hoch zum Spiegel. Er sah müde aus, abgekämpft und verzweifelt. Doch plötzlich fiel ihm ein, dass er Allie noch gar nicht informiert hatte. Wie hatte er das nur vergessen können? Elias war der einzige im Revier, der von Finn´s Beziehung wusste, denn Finn trennte Beruf und Privatleben strikt voneinander. 'Nun, mein Freund. Ich denke es ist auch in deinem Sinne, wenn ich sie trotzdem her hole.' dachte Elias. Doch er wollte Allie nicht am Telefon so eine Nachricht überbringen. Er hätte auch gar nicht gewusst, was er hätte sagen sollen. Nein, das musste er persönlich machen. Auch wenn er hier gerade absolut nicht weg wollte. Etwas in ihm sagte ihm, dass sein Freund ihn hier brauchte.

Kurz zögerte Elias noch, doch dann gab er sich einen Ruck. Er verabschiedet sich noch von Hoock und Quentin mit der wiederholt dringenden Bitte, ihn sofort zu informieren, sollte sich etwas Neues ergeben und machte sich auf den Weg zu Allie. Hoocks fragenden Gesichtsausdruck ließ er unkommentiert.

Als er an Finn´s Wohnungstür klopfte war ihm, als müsste sein Freund gleich öffnen und alles wäre nur ein böser Traum gewesen. Doch kurz darauf schwang die Tür auf und Allie stand vor ihm. Sie musterte Elias besorgt von oben bis unten, sah das Blut auf seiner Kleidung und sein bestürztes Gesicht und flüsterte erstickt:"Lebt er?" Elias nickte:"Ja. Er wird gerade operiert. Es sieht nicht gut aus." Allie schluckte tapfer die Tränen herunter, die Elias in ihren Augen glitzern sehen konnte und schnappte sich schnell eine Jacke und ihren Schlüssel. „Wir können los. Bring mich zu ihm."

40

Allie schossen tausend Gedanken gleichzeitig durch den Kopf, und doch bekam sie keinen so recht zu fassen.

Was war passiert? Elias war überall mit Blut verschmiert. War das Finn´s Blut? Wie viel Blut hatte er verloren. War er rechtzeitig in die Klinik eingeliefert worden?

Durch ihre Arbeit in der Notaufnahme wusste Allie, dass Patienten mit hohem Blutverlust nur dann gute Chancen hatten, wenn sie früh genug eingeliefert wurden. Sie schickte ein Stoßgebet gen Himmel und hoffte wirklich, dass dies bei Finn der Fall gewesen war. Sie musste die Tränen, die immer wieder in ihr aufsteigen wollten zurück kämpfen, Denn sie wusste, würde sie sie zulassen, würde sie darin ertrinken.

Bilder von Finn schoben sich vor ihr inneres Auge. Wie sie damals in den Wellen vor South Hampton an verschiedenen Seiten ihres Surfbretts gehangen hatten und sich küssten. Finn konnte nicht gut schwimmen, trotzdem hätte er alles getan, um Allie aus den Fluten zu retten, in die sich sich nur zum Schein hatte fallen lassen. Sie wollte ihm nah sein. Damals schon, als sie noch nicht einmal seinen richtigen Namen gekannt hatte, hatte sie gewusst, gespürt, dass Finn der Mann war, mit dem sie eine Familie gründen und alt werden wollte. Es war ein hartes Stück Arbeit gewesen, sich Finn´s Vertrauen so weit zu verdienen, dass er bereit war, sich ihr zu öffnen. Noch heute musste sie immer wieder schmunzeln, wenn er unsicher von einem Fettnäpfchen in das nächste trat, weil er mit Emotionen und sozialen Interaktionen so gar nichts am Hut hatte. Doch gerade das liebte Allie so an ihm. Das, und sein umwerfendes Lächeln. Seine wuscheligen braunen Haare und seine tiefen, dunklen Augen.

War das jetzt alles vorbei? Nein, diesen Gedanken durfte sie nicht zulassen. Finn würde das hier überleben.

Und sie würden heiraten. Allie konnte es noch immer kaum glauben. So bald hatte sie mit einem Antrag nicht gerechnet, und es wäre für sie auch okay gewesen, ohne Trauschein zusammen zu leben. Doch wenn sie jetzt über den Tag nachdachte, an dem Finn ihr so ernst in die Augen gesehen hatte, wünschte sie sich nichts sehnlicher, als dass sie die Zeit zurück drehen, und genau dort anhalten könnte.

So schwiegen sie beiden auf der Fahrt zum
Krankenhaus und hingen ihren Gedanken nach. Allie
wusste, dass die Situation Elias genauso nah ging, wie
ihr selbst. Er und Finn waren beinahe so etwas wie
Brüder. Sie legte ihm während der Fahrt eine Hand auf
die Schulter und nickte ihm aufmunternd zu. Den
sanften Riesen so niedergeschlagen zu sehen fühlte
sich furchtbar an. 'Wie konnte dieses zierliche
Mädchen selbst jetzt noch so positiv sein, und sich
mehr um mich sorgen, als um sich selbst?' dachte Elias
und nickte ihr dankbar zu. „Er ist ein Kämpfer. Er wird
es schaffen." murmelte sie leise vor sich hin. Elias
hoffte, sie möge recht behalten.

Elias war mit Blaulicht durch die Stadt gerast. Er
wusste, dass er das eigentlich nicht durfte, doch wer
sollte ihn aufhalten? Und schließlich war das hier ja
sowas wie ein Notfall. Als er mit Allie an seiner Seite
das Krankenhaus durch die automatischen
Schiebetüren betrat, klingelte sein Handy. Es war
Quentin, der ihm mitteilte, dass der Arzt gerade aus
dem OP gekommen sei und in diesem Moment mit
Hoock spräche. „Ist gut, wir sind in zwei Minuten da."
sagte Elias und legte auf. Sie hasteten durch die
Krankenhausflure und kamen ziemlich außer Puste vor
dem OP-Flügel an. Der Chirurg, den Elias vor der OP
schon kurz gesprochen hatte, war in ein Gespräch mit
seinem Captain vertieft.

„Wie geht es Finn? Hat er die OP gut überstanden?"
sprudelte Allie los. Sie war sich nicht sicher, ob sie die
Antwort hören wollte und starrte den Arzt flehend an.
„Miss Suarez. Ich wusste ja nicht, dass sie den
Patienten kennen." begann der Arzt, während Hoock
noch überlegte, wer das hübsche, rothaarige Mädchen
wohl sein mochte. „Es geht ihm den Umständen
entsprechend gut. Wir konnten die Kugel entfernen
und haben ihm einige Blutkonserven geben müssen.
Leider ist er uns trotzdem einmal weg geklappt, aber
wir haben ihn erfolgreich wiederbelebt. Wenn er die
Nacht übersteht, hat er wirklich gute Chancen. Bis
dahin heißt es Daumen drücken." erklärte der Arzt in
Kurzform, was er eben schon Finn´s Chef erläutert
hatte. Elias schnappte hörbar nach Luft, als er von den
Wiederbelebungsmaßnahmen hörte und auch Allie
war kreideweiß geworden. „Kann ich zu ihm? Wo liegt
er denn?" wollte sie flehend wissen. „Er kommt gleich
auf die Intensivstation. Sie kennen das ja.
Schutzkleidung an und immer nur eine Person."
mahnte der Arzt. „Ich muss jetzt weiter. Viel Glück."

Jetzt brachen bei Allie alle Dämme. Die Tränen liefen
ihr über die Wangen und sie musste sich kurz an Elias
festhalten, um nicht auf dem Flur des Krankenhauses
zusammen zu brechen. Elias nahm sie tröstend in die
Arme und versuchte sie zu beruhigen. An Hoock
gewandt erklärte er:" Sie ist Finn´s Freundin. Die
beiden leben schon fast ein Jahr zusammen."
„Verlobte," schluchzte Allie. „Vor ein paar Tagen hat er
mir einen Antrag gemacht." Das erstaunte sogar Elias

213

sehr. Er kannte Finn schon lange und dieser hatte immer vehement behauptet, niemals heiraten zu wollen. Doch er hatte ja auch behauptet, keine feste Freundin zu wollen, und jetzt war er mit Allie schon ein Jahr zusammen.

„Allie Suarez?" fragte Hoock. „Die Tochter von Rodrigo Suarez?" Allie nickte und zog geräuschvoll die Nase hoch. Sie hatte sich schon fast wieder beruhigt. „Ich denke, dass wird Detectiv Becket mir bei Gelegenheit nochmal erklären müssen." stellte Hoock stirnrunzelnd fest. Elias konnte ihm ansehen, dass es ihm ganz und gar nicht recht war, dass Finn eine Beziehung zur Tochter des größten Drogenbarons von New York unterhielt. Es dürfte Hoock auch gerade klar geworden sein, dass die beiden sich nur auf eine Art und Weise kennengelernt haben konnten. Und das wiederum war eine sehr großzügige Auslegung von Dienstanweisungen. So wie es bei Finn oft üblich war.

Doch im Moment wollte sich Elias darüber keine Gedanken machen. Für ihn war nur wichtig, dass Finn lebte.

42

Allie saß die ganze Nacht an Finn´s Bett. Das Licht war gedämpft und die Monitore zur Überwachung seiner Körperfunktionen piepsten in regelmäßigem Rhythmus. Sein Brustkorb hob und senkte sich in regelmäßigen Abständen. Irgendwann musste sie mit dem Kopf auf der Bettkante und seine Hand haltend eingeschlafen sein, obwohl sie sich am Abend vorher nicht hatte vorstellen können, überhaupt ein Auge zumachen zu können. Sie wusste, dass Elias draußen auf dem Flur saß und genauso wenig bereit war, seinen Freund hier allein zu lassen. Sie wurde wach, als sich eine Hand auf ihren Kopf legte, und ihr sanft über die Haare strich, die unter einem Schutznetz versteckt waren. Erschrocken hob sie den Kopf und sah in Finn´s lächelndes Gesicht. „Hey!" flüsterte er schlicht und zwinkerte ihr zu. Sie konnte sehen, das es ihm Mühe bereitete zu sprechen. „Oh, Gott sei Dank." hauchte Allie nur, rieb sich den Schlaf aus den Augen um sicher zu gehen, dass sie nicht träumte und spürte, wie die Tränen wieder zu laufen begannen. „Nicht weinen." brachte Finn mühsam hervor und schaute sie besorgt an. „Mir geht es gut. Alles in Ordnung." „Na klar doch. Du wurdest angeschossen und bist fast drauf gegangen, hast uns allen ´nen Riesenschreck eingejagt und behauptest jetzt, dass es dir gut geht? Ich bin fast gestorben vor Angst um dich." Allie´s Stimme triefte vor Sarkasmus. Aber sie wusste, dass Finn sie nur beruhigen wollte. Und eigentlich war sie mehr als froh, dass er schon wieder seine üblichen Sprüche machte. Denn das bedeutete, dass es ihm schon wieder viel besser ging. Er hatte die Nacht nicht nur überstanden, er lebte und konnte schon wieder lächeln. Und dieses Lächeln war es, was Allie schon immer hatte dahinschmelzen lassen, denn dann sah er aus, wie ein kleiner, frecher Junge.

„Tut mir leid," Finn wirkte ehrlich zerknirscht. Wenigstens hatte er den Anstand, sich schlecht zu fühlen, weil er ihr so einen Schreck eingejagt hatte. „Ist schon gut. Ich bin so froh, dich wieder zu haben." Und mit diesen Worten beugte sich Allie zu ihm und küsste ihn sanft auf den Mund. „Warte kurz, ich muss unbedingt Elias Bescheid sagen. Der wartet nämlich draußen." erklärte sie, als sie sich wieder von seinen Lippen gelöst hatte. „Du kommst aber wieder, oder?" fragte Finn sie mit ängstlichem Blick. „Natürlich, du Idiot. Du glaubst doch nicht, dass ich dich nochmal aus den Augen lasse, wenn du dann gleich so einen Blödsinn anstellst." neckte Allie ihn grinsend und ging in den Flur zu Elias.

Auch Elias musste während der Warterei eingeschlafen sein. Er hockte zusammengesunken auf einem Stuhl vor dem Zimmer und schnarchte leise vor sich hin. Immer noch trug er das blutverschmierte Hemd und die Jeans mit den Matschflecken an den Knien vom Abend vorher. Allie ruckelte ihn sanft an der Schulter und wartete, bis er den Blick klar gestellt hatte und sie ansah. „Er ist wach. Es geht ihm gut. Zumindest kann er schon wieder Sprüche klopfen," teilte sie Elias mit einem schiefen Grinsen mit. Erleichtert atmete Elias auf. „Großartig. Und es ist mir verdammt nochmal egal, was der Arzt sagt, ich komm mit rein." beschloss er und schnappte sich einen Satz Schutzkleidung. Allie wartete, bis er sie angelegt hatte und sie betraten zusammen das Zimmer.

„Ich hab dir wen mitgebracht," grinste sie Finn an. Als dieser Elias sah, musste er sich das Lachen verkneifen. Die Schutzkleidung im Krankenhaus hatte Einheitsgröße, und war ganz offensichtlich nicht für einen großen, starken Typen wie Elias ausgelegt. Er passte kaum in den Kittel und hatte ihn sich an der Schulter auch schon aufgerissen, aber das war ihm egal. Er war einfach nur froh, seinen Freund wieder zu haben.

„Das machst du nicht nochmal mit mir. Ich hab mir echt ins Hemd gemacht, als ich dich da auf dem Rasen gefunden habe." drohend fuchtelte Elias mit einem Finger in Finn´s Richtung „Marie? Hat sie es geschafft?" wollte Finn besorgt wissen. „Alle Mädchen haben es geschafft. Das SWAT-Team hat ganze Arbeit geleistet und du, mein Freund warst auch nicht schlecht. Ich weiß nicht, wie du es geschafft hast, die kleinen Mädchen zum Mitkommen zu überreden. Nach mir haben sie getreten und geschlagen." Elias beschwerte sich in gespielt frustriertem Ton. Finn wusste, dass er genauso froh war, wie er selbst, dass sie alle Mädchen in Sicherheit bringen konnten.

„Und Marissa..." „Genug jetzt von der Arbeit," unterbrach Allie die beiden. „Du musst dich ausruhen und erst mal wieder zu Kräften kommen. Vorher geht hier gar nichts."

Finn und Elias tauschten einen Blick und wussten beide, dass sie jetzt besser nicht widersprechen sollten. „Ich besorge uns beiden erst mal einen Kaffee," beschloss Elias und ließ die beiden wieder allein. Er würde noch genug Zeit haben, mit Finn zu reden. Nachdem er Allie den Kaffee gebracht hatte spürte er so ein großes Verlangen danach, seine Frau und seinen Sohn zu sehen, dass er sich umgehend auf dem Weg nach Hause machte und Finn mit gutem Gefühl bei seiner Verlobten ließ. Hier würde er jetzt doch nur stören.

43

Finn wurde noch am selben Tag von der
Intensivstation auf ein normales Zimmer verlegt. Im
Laufe des Nachmittags ging es ihm auch schon
bedeutend besser und er konnte es kaum abwarten zu
erfahren, wie die Verhaftungen gelaufen waren. Doch
Allie schottete ihn von allem ab. Sie hatte ihm ernst in
die Augen gesehen, und ihm mitgeteilt, dass die Arbeit
auch bis morgen warten konnte. Finn war klar, dass
wenn sie sich erst einmal etwas in den Kopf gesetzt
hatte, sie nur ein Wunder dazu bewegen konnte, ihre
Meinung zu ändern. Also gab er sich geschlagen.

Am nächsten Tag bekam er schon zeitig am Morgen
Besuch von Captain Hoock, der Quentin und Elias im
Schlepptau hatte. „Wie geht's unserem Patienten?"
rief Elias fröhlich, als sie den Raum betraten. „Alles
Bestens. Ich könnte Bäume ausreißen. Oder zumindest
Grasbüschel," antwortete Finn ironisch. „Es freut mich,
dass sie auf dem Weg der Besserung sind. Dann
können wir ja mal darüber reden, warum sie entgegen
meiner Anweisung die Mädchen aus dem Haus geholt
haben, bevor das SWAT-Team bereit war." merkte
Hoock mit kritischem Blick auf Finn an. „Dafür gibt es
eine ganz einfache Erklärung," begann Finn. „Ich traue
dieser Marissa Moreau nicht weiter, als ich gucken
kann." „Und das wohl zu Recht, wie sich herausgestellt
hat." seufzte Hoock und nickte zu Quentin hinüber, der
offenbar die Erklärung liefern sollte.

„Agentin Moreau scheint wohl die Seiten gewechselt zu haben. Wir haben sie an dem Abend mit verhaften lassen, doch das FBI hat sie schon längst wieder bei uns abgeholt, um eigene Ermittlungen in die Wege zu leiten. Aber, wir haben das Projektil, dass die Ärzte aus dir heraus geholt haben. Und das stammt nachweislich von ihrer Waffe," ratterte Quentin seinen Text wie auswendig gelernt herunter. „Marissa hat auf mich geschossen?" Finn konnte kaum glauben, was er da hörte. „Warum? Welche Erklärung hat sie dafür?" „Sie schweigt sich darüber aus. Kluge Taktik, denn wenn sie es zugeben würde, hätte sie echt ein Problem. Wir vermuten, dass sie dem Geld verfallen ist. Natürlich kann man als Gastgeber für solche Partys und rechte Hand des Chefs viel mehr verdienen, als beim FBI." mutmaßte Hoock. „Und als sie mitbekommen hat, dass sie ihre Mädchen aus dem Keller geholt hatten, und zu fliehen versuchten, sah sie ihre Einnahmequelle schwinden." „Unglaublich. Aber was haben denn die Videos ergeben? Reicht das Material um die Gäste der Party anzuklagen?" wollte Finn wissen. Er hätte sich geärgert, wenn er die Bilder umsonst gemacht hätte, denn dann hätte er sich lieber auch noch um die verschlossenen Räume gekümmert.

„Nun ja, die Bilder sind großartig, und die Staatsanwaltschaft sichtet sie gerade. Auch dass wir die Herren alle in flagranti erwischt und verhaftet haben ist dabei natürlich nicht zu verachten. Aber das sind allesamt stinkreiche Geschäftsleute. Die haben ganze Armeen von Anwälten. Ich hoffe, dass wir mit unseren Beweisen trotzdem ein paar Verurteilungen erzielen können." seufzte Hoock resigniert. Finn wusste, was er meinte. In manchen Fällen konnten die Beweise noch so erdrückend sein. Ein gewiefter Anwalt würde seinen Mandanten da heraus hauen. Oder die Strafe fiele so milde aus, dass es den meisten sicher keine Lehre war. „Das ist frustrierend. Haben wir wenigstens etwas über diese Menschenhändler heraus gefunden? Bei diesem Kane muss doch was zu holen sein. Der weiß sicher, wo die Mädchen herkommen und wie sie ins Land geschafft werden." Finn wollte sich nicht geschlagen geben. Noch nicht. „Kane sitzt in Untersuchungshaft. Der Richter hat ihn auf Grund von Fluchtgefahr gleich weggesperrt. Außerdem hat Quentin, während sie in diesem Haus unterwegs waren einen ungewöhnlich hohen Datenstrom aus der Villa festgestellt. Wir haben heraus gefunden, dass die Videos, die Kane und Marissa gemacht haben live ins Darknet gestreamt wurden. Wir werden noch viel Zeit für die Verhöre brauchen und natürlich um das ganze Material zu sichten." erklärte Hook mit einem Seitenblick auf Quentin, der angewidert das Gesicht verzog. „Und jetzt will ich, dass sie sich ausruhen und gesund werden. Ich habe diesem Treffen hier nur deswegen zugestimmt, weil ich weiß, dass sie sonst eh keine Ruhe geben." Elias, der die ganze Zeit über recht still gewesen war, stimmte Hoock zu und verabschiedete ihn und Quentin, indem er sie zur Tür hinaus schob. „Genau meine Herren. Ich werde Becks noch ein bisschen Gesellschaft leisten, bis seine Angebetete zurück kommt. Aber ihr müsst jetzt leider gehen," stellte er fröhlich fest.

„Was soll das denn?" beschwerte sich Finn kurz darauf bei ihm. „Ich will nicht, dass Hoock von meiner Beziehung zu Allie weiß. Warum sagst du sowas?" „Ich fürchte, dafür ist es etwas zu spät." Entschuldigend zog Elias die Schultern hoch und erklärte Finn, wie Allie und der Captain sich zwei Tage zuvor getroffen hatten.

„Na super. Dann werde ich ihm wohl auch noch erklären müssen, dass das nichts mit der Verhaftung von Suarez zu tun hatte. Oder ich bin erledigt." seufzte Finn. Er war erschöpfter, als er zugeben wollte. Seine Wunde schmerzte und er konnte kaum die Augen offen halten. Das Gespräch mit seinen Kollegen hatte ihn sehr gefordert. „Ich glaube, Allie hat ihn schon längst um den Finger gewickelt. Sie hat einfach so eine Art an sich, der keiner widerstehen kann. Mach dir da mal nicht zu viele Gedanken. Erklär mir lieber, wie du deiner zauberhaften Freundin einen Antrag machen konntest, ohne mir etwas davon zu erzählen." grinste Elias seinen Freund an.

Tatsächlich hatte Allie dem Captain bereits alle Umstände erklärt und ihm versichert, dass sie und Finn erst nach dem Einsatz angefangen hatten, einander zu treffen. Ihre freundliche und positive Art hatte den Captain fast genauso sehr in ihren Bann gezogen, wie Finn damals. „Naja, das machen wir vielleicht lieber später.Du siehst echt scheiße aus. Wenn du willst, komm ich nachher nochmal wieder und wir quatschen. Dann kannst du erst mal schlafen," stellte Elias mit besorgtem Blick fest. „Ja, ich denke das wäre gut. Aber Eli," Finn konnte wirklich kaum noch die Augen offen halten, doch das wollte er noch loswerden. „Danke, dass du mir das Leben gerettet hast. Ich stehe tief in deiner Schuld." „Hmm, das hat Allie auch schon gesagt. Ich werde mir etwas einfallen lassen, womit du dich revanchieren kannst." grinste Elias ihn an. „Mann, Becks. Ich hatte dir doch gesagt ich lass dich nicht hängen. Und dass ich ein Scheißgefühl bei dem Einsatz habe. Und wie immer, hab ich Recht behalten. Das, und die Tatsache dass du mir weiter auf die Nerven gehen kannst sind schon Lohn genug."

Müde und mit halb geschlossenen Augen lächelte Finn seinem Freund zu. Er wusste, Elias liebte es, wenn er Recht behielt. Als Elias das Zimmer in Richtung Cafeteria verließ, war Finn schon längst in einen festen, traumlosen Schlaf gesunken.

44

Als Finn eine Woche später aus dem Krankenhaus entlassen wurde, hatte der Oberstaatsanwalt schon Anklage gegen Michael Kane wegen schweren Menschenhandels, Freiheitsberaubung in mehreren Fällen, Körperverletzung, Förderung der Prostitution und Beihilfe zur Vergewaltigung erhoben. Kane würde den Rest seines Lebens im Gefängnis verbringen, wenn auch nur die Hälfte der Anklagepunkte durchkam.

Auch einige Verfahren gegen die Partygäste waren in der Vorbereitung, doch es war schon absehbar, dass die Strafen gering ausfallen würden. Wenn überhaupt, konnte man ihnen sexuelle Nötigung vorwerfen. Und hierfür müssten die Mädchen auch erst einmal bereit sein, auszusagen. Die Auswertung der Bankdaten stand bei fast allen noch aus. Und sich da durch zu wühlen, würde eine Menge Zeit brauchen. Quentin könnte das natürlich schneller schaffen, doch dann wären die Beweise nicht verwertbar. Im Moment arbeitete der junge Techniker außerdem daran, der Staatsanwaltschaft die Videostreams aus dem Darknet auszuwerten. Nicht nur die Gäste dieser Party, auch die von einigen Partys vorher hätten alle Hände voll zu tun, um zu erklären, wie solches Material von ihnen entstehen konnte und wie sie zu dem Menschenhändlerring standen.

Die Menschenschieber, die dank Yela´s guter Beschreibung an den Phantombildzeichner gefunden und verhaftet werden konnten, saßen derzeit in Untersuchungshaft und warteten auf ihre Pflichtverteidiger. Sowohl in Rumänien, als auch hier in New York City. Allen voran Max, den sie auf Grund des Videomaterials aus dem Hafen sogar wegen Mordes dran kriegen konnten.

Von Agentin Marissa Moreau fehlte jede Information. Selbst Hoock´s Bekannter, der beim FBI arbeitete konnte nicht sagen, wo sie abgeblieben war, und was die Ermittlungen gegen sie ergeben hatten. Das Federal Bureau of Investigation schwieg eisern.

Auf Grund der guten Leistungen, die Quentin in dem Fall erbracht hatte, hatte Captain Hoock sein Versprechen eingelöst, und ihm ein neues Büro verschafft. Dafür musste er allerdings seinen geliebten Keller verlassen und versprechen, ab sofort etwas mehr Ordnung zu halten. Nach anfänglichem Zögern willigte Quentin ein. Es dauerte beinahe eine ganze Woche und unzählige Nervenzusammenbrüche bis sein komplettes Netzwerk neu verbaut und Quentin endlich zufrieden war. Von jetzt an lag sein neues Reich auf der gleichen Etage, wie die Schreibtische von Elias und Finn. Und er sollte ab sofort auch hauptsächlich in deren Abteilung arbeiten, was einer der wichtigsten Gründe für ihn gewesen war, das Angebot des Captains anzunehmen. Er mochte die beiden Jungs. Und er schätze es sehr, dass sie ihn so schnell und freundlich in ihr Team aufgenommen hatte. Bis dahin hatte Quentin nirgends so richtig dazu gehört. Außer vielleicht zu seiner World of Warcraft - Gilde.

Der Staatsanwalt, der den Fall mit den Menschenhändlern verhandelte war so schlau gewesen, Yelas Aussage auf Video aufzuzeichnen, so dass am Ende der Woche der Tag war, an dem sie endlich zurück zu ihrer Familie nach Rumänien fliegen durfte. Finn hatte ihr versprochen, dass er sie zum Flughafen bringen würde. Doch Allie war der Meinung, dass Finn sich noch nicht hinter das Steuer eines Autos setzen sollte, und so beschloss sie kurzerhand, den Chauffeur für die beiden zu spielen. Finn beschwerte sich natürlich über diese Bevormundung, doch im Stillen war er froh darüber. Tatsächlich hatte er noch Schmerzen und ließ sich gern von Allie kutschieren.

Am Flughafen angekommen, wurde Yela zusehends zappeliger. Sie freute sich wie ein kleines Kind darauf, ihre Eltern wieder zu sehen. Zum Abschied umarmte sie Finn so heftig, dass dieser kurz zusammen zuckte, sie aber dennoch gewähren ließ. „Danke, Finn. Ich werde immer an dich denken." Sie küsste ihn auf die Wange und verabschiedete sich genauso überschwänglich von Allie.

Arm in Arm sahen beide dem jungen, rumänischen Mädchen nach, bis sie durch die Sicherheitskontrollen verschwunden, und nicht mehr zu sehen war.

„Ich könnte jetzt auch auf einen langen, ausgedehnten Urlaub irgendwo, wo es warm ist." seufzte Finn und küsste Allie auf´s Haar. „Aber erst sollten wir zwei noch etwas erledigen." Allie sah ihn fragend an und rätselte:"Gesund werden? Denn Fall abschließen? Einen neuen übernehmen? Du bist ein solcher Workaholic, dass ich mir gar nicht vorstellen kann, dass auch du dich mal nach Urlaub sehnst."

„Ich dachte auch eher ans Heiraten." Finn gab sich gespielt empört, auch wenn er wusste, dass Allie im Prinzip Recht hatte. Es fiel ihm schwer, nichts zu tun. Doch ihr zu Liebe wollte er es jetzt mal etwas ruhiger angehen lassen. Zumindest eine Zeit lang.

Allie starrte ihn sprachlos und mit offenem Mund an. Als sie sich gefangen hatte fragte sie:"Hast du es so eilig? Ich lauf dir schon nicht weg. Das solltest du langsam mal verstanden haben." „Ich hab es nur so eilig, weil ich dich so sehr liebe. Und warum warten? Wir beide wissen doch, was wir wollen." Finn nahm Allies Gesicht in seine Hände und küsste sie sanft auf den Mund. „Komm, ich lad dich zum Mittagessen ein, und wir schmieden ein paar Pläne," schlug er vor, und Allie lächelte ihn glücklich an und nickte. Mit Finn würde es niemals langweilig werden, so viel stand schon mal fest.

45

Am Weihnachtsmorgen streckte Finn sich beinahe vollständig erholt auf dem Sofa vor dem großen, buntgeschmückten Weihnachtsbaum aus. Allie schlief noch, und er hatte die Zeit genutzt, um noch ein letztes, ganz besonderes Geschenk unter den Baum zu legen. Jetzt saß er mit einem frisch gekochten Kaffee an dem eingedeckten Couchtisch und schaltete mit der Fernbedienung die Stereoanlage an. Leise Weihnachtslieder erklangen im Raum, die Kerzen waren angezündet und das Frühstück stand bereit. Finn konnte es kaum erwarten, Allie´s Gesicht zu sehen, wenn sie endlich erwachte.

Draußen schneite es immer noch und New York hatte sich in den vergangenen Tagen in ein echtes Winter-Wonderland verwandelt. Da Allie über die Feiertage frei hatte, und auch Finn noch nicht wieder arbeitete, hatten sie die Wohnung allerdings kaum verlassen. Sie genossen die Zeit zu zweit und sahen keine Notwendigkeit, sich draußen in der Kälte herum zu treiben.

Die Schlafzimmertür hinter Finn ging mit dem üblichen leisen Quietschen auf und Finn drehte sich zu Allie herum. Er lächelte sie verliebt an, sagte:"Merry Christmas, Kleines." und hielt ihr eine dampfende Tasse Kaffee hin. Allie staunte nicht schlecht, als sie das perfekt vorbereitete Wohnzimmer sah.

Normalerweise war Finn in der Küche eine echte Katastrophe. Doch das Frühstück auf dem Tisch war perfekt arrangiert. Zumindest schien ihm diesmal nichts angebrannt zu sein. „Merry Christmas." gähnte Allie ihm zu, beugte sich kopfüber über ihn und gab ihm einen Kuss, während sie ihm die Tasse abnahm. Sie kuschelte sich neben Finn auf das Sofa und nahm einen Schluck Kaffee. „Das hast du alles ganz allein gemacht?" fragte sie ihn zweifelnd. „Na klar. Pancakes mit Sirup, frisch gepresster Orangensaft, und Rührei. Ich hoffe es schmeckt dir." Finn war sichtlich stolz auf sich und Allie konnte sich ein Lachen nicht verkneifen. „Wenn es so gut schmeckt, wie es aussieht, dann bin ich wirklich stolz auf dich." erklärte sie. „Aber bevor du anfängst, musst du unbedingt dein Geschenk auspacken. Ich bin schon ganz gespannt, was du dazu sagst." Finn sprang auf und holte das Päckchen unter dem Baum hervor, welches er gerade erst dort abgelegt hatte. Feierlich reichte er es Allie. Sie drehte die kleine Geschenkkiste in der Hand und fragte neugierig:"Was ist das?" „Mach es auf. Dann siehst du ja." Finn freute sich, wie ein kleines Kind. Also tat sie ihm den Gefallen. In der Schachtel befand sich ein so knapper Bikini, dass dieser Fetzen Stoff den Titel nicht verdient hatte. Allie zog irritiert die Augenbrauen hoch. „Nicht gerade die passende Bekleidung, wenn ich mir das Wetter draußen so anschaue?" „Du musst weiter auspacken. Das ist noch nicht alles." Finn rutschte nervös auf der Couch hin und her, bis Allie den Briefumschlag öffnete, der ebenfalls in der

Schachtel gewesen war. Sie zog den Inhalt heraus und schlug die Hand vor den Mund, um einen freudigen Aufschrei zu verhindern. „Tickets nach Hawaii? Ist das dein Ernst?" brachte sie mühsam hervor. „Jawohl. Hawaii. Ich dachte als Hochzeitsreise wäre kein Ort besser geeignet. Wenn wir am 03.01. geheiratet haben, steigen wir direkt in das Flugzeug und verschwinden für drei Wochen aus der Kälte. Nur wir zwei. Traumstrände, dieser Bikini und jede Menge Cocktails. Was sagst du dazu?" Allie war sprachlos. Sie konnte nichts sagen, also fiel sie Finn um den Hals und küsste ihn leidenschaftlich.

Ihre Hochzeit war bereits komplett durchgeplant. Sie wollten in ganz kleinem Kreis heiraten. Nur Finn´s Mutter, sein Kumpel Elias mit Familie und eine gute Freundin von Allie sollten dabei sein. Allie hatte in einem schicken Second-Hand-Laden ein schlichtes, langes, weißes Kleid erstanden, in dass sie vollkommen vernarrt war. Finn hatte sich einen schwarzen Anzug, diesmal von der Stange gekauft und sich sogar seine ständig zerzausten Haare schneiden lassen. In etwas mehr als einer Woche wäre sie Mister und Misses Becket. Beide konnten es kaum noch erwarten.

„Wenn ich dieses Stück Nichts tragen soll, dann müssen wir für dich aber wenigstens etwas vergleichbares finden," neckte Allie Finn, als sie ihre Stimme wiedergefunden hatte. „Kommt gar nicht in Frage." protestierte dieser. „Ich bleibe bei Shorts. Mal abgesehen davon, dass ich eh nicht so viel Zeit im

Wasser verbringen werde. Aber ich will dich wenigstens dabei beobachten, wie du aus den Fluten steigst." frech grinsend nahm Finn Allie´s Gesicht in seine Hände und küsste sie. „Frohe Weihnachten." wünschte er ihr zwischen zwei Küssen noch einmal. Dann waren seine Hände schon auf Erkundung unter Allie´s Schlafshirt mit den fliegenden Rentieren verschwunden.

Das Frühstück war für den Moment vergessen, und sie liebten sich leidenschaftlich unter dem Weihnachtsbaum.

Ende